王福校

著

宜春 宜春

——我的第二故乡

海峡出版发行集团 | 海峡文艺出版社

每一个瞬间，都如此意味深长

石华鹏

我没有当过兵，读过老兵王福校的长篇纪实散文《宜春　宜春——我的第二故乡》后，感觉自己也当过一回，也在军营里摸爬滚打、青春热血般地淬炼了3年。

这种感觉扎实而又梦幻，显然它来自于这部作品对军旅生涯的精准描述和细致记录。可以说，王福校用朴素、准确、动情的文字，在纸上搭建了一座既真实又虚幻、既遥远又切近的军营。我轻轻抬脚就走了进去，有时是旁观，还指手画脚，看他们由稚嫩的"新兵蛋子"变成沉稳持重的老兵，看他们执勤、站岗、操练；有时是替身，身临其境，我也在训练场上打靶格斗，加入紧张的考核中，时而开心时而失落……

这是这座文字上的军营以及军旅生活对一位读者的征服，也是文学让人深度沉浸之后所浮现的那种扎实而又梦幻的巨大魔力。

当然，这座军营真正的拥有权属于王福校。它在江西宜春，1983年11月到1986年10月，王福校在这里度过整整3年——17岁到20岁。

大约 40 年之后的今天，王福校写出了这部书——也许这部书他写了 40 年，现在只是装订成册、尘埃落定而已。本书以流逝的 3 年时间为经，以身份的空间变迁——新兵连、公安处、支队机关、公安处（再回）、直属中队——为纬，搭建起一座立体而多彩的军营。王福校从新兵到老兵，从胆怯到勇敢和智慧，从入伍到退伍，这座军营给了他军旅青春的全部经验和记忆。

这是一部记忆之书。记忆强大的过滤和筛选功能，让 3 年的 1000 多个日夜浓缩成 12 万字的纸上岁月。长吗？——与著名而漫长的记忆之书《追忆似水年华》相比，是短的；短吗？——与"弹指一挥间，3 年转瞬即逝"的记忆相比，又是漫长的。记忆的筛选何尝不是一种文学性的筛选呢？王福校写下了他认为必须写的，那些忘不掉的、记忆深刻的、美好的、尴尬的、重要的、欢乐的、忧伤的人和事、年和月——这一切必须写下的现实、细节和情感都属于文学，都具有文学性的穿透力和价值感。

有人说，记忆是靠不住的，它飘忽不定，它避害扬利。但普鲁斯特说，记忆中的生活比当时当地的现实生活更为现实。话虽如此，但记忆的河流终究须有坚固的现实堤岸使之规训。《宜春　宜春——我的第二故乡》其实是一部脱胎于日记之上的现实之书。王福校在文中透露，他有记日记的习惯。他与一战友交好是因为两人都喜欢记日记，要好的程度就是彼此交换日记看。战友的日记多记录军旅人生的感慨和情绪，他的日记多记录细节和人事。所以在这部书中，我们看到了许多故事是精确到某日的，有时还交代了准确的天气情况。这些单靠记忆难以实现，日记成了记忆的载体，记忆之河的浪花也因此更加晶莹剔透和欢腾跳跃。

记忆之书也好，现实之书也罢，这部书的真正魅力在于它完成了两种书写，一是复现，二是复活。它完美复现了一种我们全然陌生的部队军营生活，从衣食住行到训练比武执勤，从四季变化晨昏交替到战友情谊官兵交往，从思乡的独处到热闹的狂欢，从成长进步的开心到心想事难成的失落，等等。作者耐心细致地描摹，如牛反刍那般自得而满足，对外人却有着陌生新奇的吸引力。更为重要的是，王福校在这部书中复活了一种人生独特的成长精神：那种在人群中一眼可见的浑身兵味——刚毅、干练、正气；那种永不消逝的军旅青春气息——汗水、忧伤、梦想；那种一生一世都难以割舍的战友情谊——意气、豪情、热血。这种在作者笔端汩汩流淌的成长精神，已渗透到他的人生血脉之中。40年过去了，作者之所以对那短暂的3年有如此漫长而甜美的回忆，盖因于此吧。

伟大的加西亚·马尔克斯说："回忆是一条没有尽头的路，一切以往的春天都不复存在，就连那坚韧而又狂乱的爱情，归根结底也不过是一种转瞬即逝的现实，唯有孤独永恒。"没错，孤独永恒。王福校在这部书中最为动人的描述是军旅青春的孤独感，3年岁月中偶尔出现的孤独夜晚、失去战友时的绝望和低沉、退伍那一刻哗哗滚落的泪水，以及离别第二故乡时的依依难舍……无不呈现了那种动人的孤独。

伟大的普鲁斯特也说:"当岁月流逝,所有的东西都消失殆尽时,唯有空中飘荡的气味还恋恋不散,让往事历历在目。" 这气味是一生的兵味。

于是,当回忆变成文字,每一个瞬间,都如此意味深长。

2022 年 8 月 18 日

(作者系《福建文学》常务副主编、福建省文艺评论家协会副主席)

目　录

·

不辞而别与如期相遇

·

一

1983 年秋，未满 17 周岁的我，在福建省大田县一个叫桃源公社的地方就读高中二年级（未设高三）。

"文革"期间，父亲被下放到桃源公社广济农场劳动改造。我们家也因此迁到这里，并且一住就是 11 年。

战争年代，父亲在战场上出生入死，屡次负伤，落下许多伤痛与病根，被下放期间干的工作又是放鸭子，两条腿长期泡在水里，终致瘫痪。后来祸不单行，他又患上红斑狼疮。那年 9 月，病情加重，父亲不得不住进所在单位的内部医院。然因病情仍不断恶化，又转至泉州市医院。三弟也赶趟似的得了骨髓炎。为方便照顾，他们一并住进了这家医院。一家子就这样分成了两拨，母亲和姐姐在泉州市医院照看父亲和三弟，哥哥、小弟和我留在了桃源。

哥哥在公社的医药门市部上班，晚上住在门市部宿舍，午餐和晚餐回来吃。我每日上学、做饭、喂鸡，到了周末便想着法子改善伙食，试着做馒头、包子等。

平静似水的日子，忽然有一天被打破了。初中刚毕业的邻居陈建安来串门，兴奋地告诉我，他报名参加应征入伍选拔了。他听说今年征的兵是武装警察，这是一支刚刚成立的部队，到这个部队当兵个个都能学到一身武艺。他还说，另一个叫林建安的邻居也报了名。

在电影《少林寺》风靡的时代，学武艺成了无数年轻人的梦想。我有些诧异：陈建安比我小 2 岁，而林建安却比我大 5 岁，他俩符合征兵的年龄要求吗？

听了我的疑虑，陈建安说："没关系。公社武装部长说了，到时候我多报3岁，林建安少报2岁，都能参加体检。"

"真可惜，我是在校生，要不然随你们一块去参加体检。"我无不遗憾地说。

陈建安答道："谁说你不能参加？部队最喜欢在校的学生了。一起报名吧！将来当兵还可以做个伴。"

就这样，我在陈建安的鼓动下报了名。不曾想，参加体检的人不少，最终只有9个人通过（这一年第一次将验血纳入体检项目）。我的两个邻居落选了，而我却成了9个人中的一员。

体检合格后，我继续回学校上课。没几天，同学们都知道我体检合格的事了，天天围着我问这问那，甚至开始调侃叫我解放军叔叔，弄得我有些尴尬。于是，我索性把书本都抱回了家，不去上学了，专心等入伍通知。

这天下午，我独自一人在家，对着门口发呆。屋外阳光明媚，几只麻雀在门口的菜园里飞上飞下。我的心却忐忑不已：父亲和三弟的病情是否好转？征兵入伍的事能否顺利？万一入伍不成，学也没法上了，我该何去何从？还有，我们现在住的地方是父亲单位的一个留守处，撤得差不多了，仅剩的六七户下个月都要搬家，当然，其中也包括我家。无论入伍成与不成，都将离开桃源，我的前途会在哪儿？是部队，还是到一个新地方重新开始？

正当我陷入沉思之时，远远地，看见3个人朝我家方向走来，其中两个还穿着军装。我赶忙迎上去，一问，果真是部队接兵前来家访。着便衣的是公社武装部干事，他介绍了部队接兵的两位同志。依稀记得其中一位姓陈，十分和蔼，是接兵连连长。我连忙倒水泡茶，同时滔滔不绝介绍家里的情况。陈连长见家里就我自己，问："要是定兵了，家里人不同意咋办？"我说："放心，父亲是老革命，母亲也曾是随军家属，哥哥也刚从部队退伍回来，家里特别支持我，绝对不会不同意！"

他们一边喝茶，一边问了不少问题，我都一一作答。我清晰地感觉到他们很满意，心中不由暗自欢喜。

正当我专心等待入伍消息的时候，却不幸等来了父亲病逝的消息。我们兄弟仨坐上父亲单位派来的专车，赶往泉州见了父亲最后一面。父亲的离世，对整个家庭来说，是个沉重的打击，但也坚定了我自立的决心，心里不由得祈求着入伍的事千万别出意外。其实，从离开学校的那一刻，我就已经是孤注一掷、破釜沉舟了。

定兵的日子到了。县人武部通知哥哥去一趟县城，说如果没有毕业证书就不能要我。哥哥一听，急了，立刻从县城赶回桃源找大田三中的校长。

校长并不认识我哥哥，但一听是应征入伍的事情，十分支持，特批了一本毕业证书。哥哥拿着毕业证书又马不停蹄地赶到县人武部。据哥哥回忆，那年体检合格的兵员数有些紧张，县人武部见到毕业证书，当场填了张入伍通知书，郑重地交到哥哥手上。最后一个兵员确定，在场的人全体起立鼓掌，祝贺定兵顺利完成。

桃源公社距县城60多公里，当年交通条件差，单程就需要两个多小时。这一天，哥哥往返了两个来回，折腾了整整一天，令我感动不已。

桃源公社同年的战友，他们的入伍通知书都是后来公社武装部送到村里，再由村里敲锣打鼓、鞭炮齐鸣——送上门的，而我早在他们之前就悄无声息地拿在手中。

二

11月1日，公社派专车把9名新兵送到县城。

住宿统一安排在县招待所，打通铺，用餐则安排在县党校食堂。每个新兵都有家人来送行，因此新兵们在哪儿，家属们就围在哪儿，哪儿就挤得水泄不通。我们家就来哥哥一人，哥哥被安排在哪儿住宿，我完全不知晓。

2日上午发服装。新兵们在县人武部操场上列队，先点了10名高个子的去领1号服装，我在其中。服装存放在人武部旁边的一个只有60平方米左右的小套房里。领完装备后，就地换装。还没等换好呢，第二批10名新兵又涌了进来，一下子把套房挤得满满当当的。工作人员一个劲儿地催我们。哥哥也随我进来，他三两下帮我把背包打好了。人武部干部把我先赶了出来，哥哥却被留下来帮其他新兵打背包。我背着背包来到大街上，低头看看，裤子肥得不成样子，衣服也皱皱巴巴，十分难看。要知道，当时社会上正流行喇叭裤，除裤脚宽之外，其他地方都紧绷绷的，年轻人都不穿这种宽宽的裤子。虽然离人武部大门口仅有几十米远的路程，可这短短的路程每一步都是一种煎熬。街上过往的人都盯着我看，仿佛在审视一个外星人。

我一边走一边回头，磨磨蹭蹭想等后面的新兵，却一个也没等来。刚走到人武部大门口，早已在操场上等候的接兵连陈连长立刻满脸堆笑地朝我招手："过来，过来！"我快步走到他跟前，没想到他说："把背包放下来，放在地上，然后坐在背包上。"我以为自己听错了，卸下背包后双手紧紧抱着，怎么也不肯放到地板上。连长见状，一把"夺"过我的背包，"啪"的一下放在地上，然后双手摁着我的肩膀说"坐下"。我顺势坐了下来。

人虽然坐了下来，但脑袋里却闪出一个问题：背包下是否有脏东西？如果地上有痰就糟了，这可是我的被子呀！真想马上把背包拿起来看看，至少把地板弄干净了再放。虽然心里这么想，却不敢这么做，因为操场四周围满了新兵家属，此刻全看着我。陆续有其他新兵进来，连长依次让他们坐在自己的背包上。

3日午饭后，县里举行隆重的欢送仪式。新兵连按建制分3个排，排成3个方阵，每个方阵前安排2名接兵部队干部领队。少先队代表为新兵戴上大红花，几位县领导和新兵们一一握手，之后队伍开拔。从县招待所到汽车站，约1公里路程。街道两旁挤满了欢送的人群，有单位的、学校的、沿街居民等等。队伍走到哪儿，哪儿便响起震耳欲聋的鞭炮声。我走在队伍的最前头，既紧张又兴奋。心想，自己已经正式成为中国人民解放军的一员了，此刻一举手一投足都代表着人民子弟兵的形象。于是，两眼目视前方，昂首挺胸，跟着接兵干部的步伐阔步前进。

桃源公社是送兵的必经之地，事先安排好了，桃源新兵乘坐的这辆车在桃源汽车站稍作停留。母亲和其他新兵的家属在这里等着和我们告别。我没想到，邻居几位阿姨、陈建安、林建安全来了，还都带了水果。停车时间只有5分钟，而且任何人不准下车，大家一个劲儿地把水果往车窗上塞。我不断祈求："别塞了！谢谢阿姨！谢谢大家！"最后，还是母亲拦住了众人。

车开了，车上车下纷纷招手，母亲那熟悉的身影渐渐模糊。我没有丝毫伤感，却为怀里的几袋水果犯愁。忽然瞥见周围的新兵全在抹泪，心里"咯噔"一下：这是怎么了？当兵这样的好事还要流眼泪吗？

回头想再看一眼母亲的身影，却早已看不见了，不由鼻子一酸，眼泪也差点滚落下来。

三

大田的汽车把我们送到永安，再从永安转乘火车。候车时，接兵干部没让我们坐乘客用的椅子，而是让我们整整齐齐坐在地上——当然，又是坐着自己的背包。上车前，接兵干部指定了临时班长，要求班长看好自己的班。我因为个子高，又站在队伍最前头，也被指定当了临时班长。上车后，发觉好几节车厢都是运送新兵的。接兵干部担心新兵走混了，再三强调只能在本节车厢内活动，任何人都不能窜到别的车厢，又宣布了几条纪律，之后就很长时间没看到他们的身影。

后来才知道，接兵干部们去分新兵档案了，基本上按照谁走访谁带走的原则，当然也有个别被打乱的。我们这批高个子不多，我是新兵中个子第二高的，1.76米，最高的1.79米。恰巧两个高个的都是陈连长走访的，他想把两个都带走，结果遭到其他接兵干部一致反对，最终不得不把1.79米的"让"了出去。

次日，从鹰潭站开始，便有一拨一拨的新兵下车，车厢里的新兵越来越少。到达南昌终点站时，天刚擦黑。我们在火车站招待所住了一夜，也是通铺。晚餐是面包配白开水，虽然简单，但新兵们都吃得津津有味。5日一早，陈连长带着仅剩的20个新兵登上了另一列火车。见一块儿从大田来的不少新兵留在了南昌这座大都市，我们却要去往更遥远的地方，内心都有说不出的滋味。这时，一路没怎么说话的陈连长适时地跟大伙儿说："我们要去的地方叫宜春，地级市，是一座四季都像春天一样美丽的城市。"大家心里又充满了期待。

中午，终于抵达宜春站。出站后，军用卡车把我们直接拉到了新兵连。下了卡车，大家一见四周的环境，心里凉了半截：哪有什么像春天一样美丽的城市？连城市的影子都见不着，分明就是农村！难不成连长把我们卖了？再看陈连长，只见他仍一脸堆笑，要求几个接我们的班长安排大家放下行李，先行开饭。班长们将我们带进寝室，要求把背包和行李先放在寝室的空床上。寝室比教室还大些，摆了3排单人床，每排9床。最东头的单独的那床是班长的，其余的都是每两床挨在一块儿。我明白，这里的其中一张床是属于我的，它将伴随我度过整个新兵连生活。

刚进寝室的那一刻，我就被3个班长床上的被子震撼了：四四方方，有棱有角，没有一丝褶皱，其中一床还泛着黄铜般的色泽。我无论如何都无法将眼前这一方块与被子联系在一起，觉得这应该是用黄铜打造出来的什么物件，因为看上去完全是硬质的。当接待我们的班长说这是被子时，我目瞪口呆，完全不相信，非得上前摸一下。班长笑着说："那就摸一下吧。"我摸完以后，才发觉班长没有骗人，真是被子。

其他新兵大概也有和我一样的想法，好几个跟在我后头去摸被子。第二天，我在写给同学的信里这样描述："那一刻，我惊呆了！就像《东方魔术大王》中的彼得，在折断魔术棒变出玫瑰花时，吃惊地连声说道'不可思议，不可思议'……"

吃过午饭，稍作休息后开始编班。内卫武警新兵仅48名（其余为消防武警），分成两个排，每个排24名，每个班8名。福建到这里的，分在一排的有11名。我被分在一排一班，正好4名福建兵、4名江西兵。按高矮列队，我排第一，我们县上京矿务局的宋振国排第二。宋振国身高1.75米，标准的国字脸，蒜头鼻，厚嘴唇，两只双眼皮的大眼睛水汪汪的。他祖籍也是山东的，我俩的床铺挨在一块儿。

分班后，班长主持召开第一次班务会，从班长开始轮流作自我介绍，相互认识。所有人介绍完后，宋振国突然问班长："接兵干部说这里是大城市，但怎么看都像农村。班长，介绍介绍宜春吧！"大伙儿一听，七嘴八舌附和。班长笑了笑，说："接兵干部说得没错，宜春是座地级市，古称袁州。当年，慈禧太后逃难时曾到过袁州，历史上可有名了。只不过，我们现在所在的位置在城市边沿，所以大家看了像农村。等有时间，带你们到市里走一走，那才叫一个大呢！"大伙儿听了，都松了一口气。尤其是我们这些乡下来的新战士，原本就想来大城市见见世面的。

班务会后，班长们教新兵们打背包、叠被子。练了一阵子后，班长又带着我们去熟悉营区。营区四周并没有围墙，尽是老百姓的房屋和菜地。营区内也仅有3排营房：内卫武警新兵和干部们的临时宿舍在第一排；消防武警新兵两个排在第二排；支队直属中队和新兵连连部在第三排，也是唯独的一座二层楼房。饭堂在楼房的旁边。营房之间相连的小路也是和周边村民共用的，3排营房之间不是鱼塘就是菜地，只有饭堂前有一块不大的水泥场地，也仅能容纳全连饭前集结。

我们排的寝室在最西头，紧挨着小路。沿着小路向后侧走十几米有一个公共厕所，十分破旧，是那个年代最常见的老式旱厕，老远就能闻到臭味。后来三天两头用脸盆端水冲洗，却怎么也洗不干净。我一度怀疑这是生产队建的厕所。厕所再往后走30多米，有一个老表开的小杂货铺，虽然卖的东西不多，但新兵一到，生意却是异常火爆，几乎每个新兵都会光顾。然而，班长划定了活动范围——不能超越小厕所，要买东西必须请假。大伙儿听了一阵唏嘘。

哦，忘了介绍，我们班长叫梅达忠，中等个儿，小眼睛，已经是第三年的老兵了。

四

6日下午，连队组织新兵看电影，地点是市电影院。因为要排队去，所以上午安排新兵们"临阵磨刀"，练练齐步，免得一路被人笑话。

一大早，班长们纷纷把新兵带到附近的秀江河河心岛沙滩上。沙滩上长满了毛绒绒的小草，小草上挂满了晶莹剔透的露珠。秀江河水又清又亮，太阳出来后，水面上雾气缭绕，给人如临仙境之感。

班长一遍遍地让我们练习齐步摆臂动作，要求手臂直通通地摆出去，来不得半点弯曲。这与我的认知完全不同，木偶似的，太别扭了。

　　"现在练习原地摆臂动作，我喊一，大家右臂往前伸，左臂向后打。我喊二，左右臂互换。我们一起试试啊！"班长一边讲解一边示范。他喊"原地摆臂练习，一"，大伙儿齐刷刷右手前摆、左臂后打；"二"，大伙儿齐刷刷左右臂互换。班长一边喊口令，一边纠正我们的动作。渐渐地，我们似乎找到节奏了……

　　因为不少新兵还没购买脸盆、牙膏等洗漱用品，训练两小时后各班自行安排上街采购，不需要购买物品的新兵可留在寝室休息。我虽然也需要购买物品，但更想看看宜春到底是怎样的一座城市，所以兴奋地抓起挎包跑到寝室外等。要出发了，班长要求统一将挎包左肩右斜，还要求一路上按刚才练习的齐步动作要领行进，把上街当成训练。我有些后悔，尤其是挎包要左肩右斜，模样像小学生。想改变主意，却已经来不及了，因为班长下达口令了，而且我又排在最前头。一路上，脸上始终火辣辣的，总觉得路人都盯着我们看，走路极不自然，仿佛手脚都不是自己的，紧张得出了一身汗。本打算好好领略一下城市的风貌，但班长只把我们带到城市边沿地带，与大田县城的建筑相差无几，没见有什么特殊的地方。身后的宋振国忍不住小声嘀咕："早知道这样，说什么也不上这趟街了。"

　　电影是下午一点半的。出发前，排长特意作了动员讲话，说："我们是连里的第一排，走在队伍的最前列，一定要拿出点精气神！今后不管是训练还是执行其他任务，一排都得一马当先！所以，一排必须是全连最棒的！"这之前，班长也鼓动说："我们班是一排的第一班，就应该是排里最好的班！"我的天哪！照这样说，我们一班岂不是要成为全连最好的班？这怎么可能呢？我感到自己被一种无形的压力笼罩着，有些喘不过气。不知道三、四排消防的班、排长们是怎么做的动员工作，难道他们会甘心拿第三、第四？

前往电影院的路上，我心里不停打着小鼓。幸好每个班都有班长在前面领队，压着步子，我们只需机械地跟着班长的节奏就行。可是，才训练不到半天的新兵，怎么可能跟得上班长的节奏？不一会儿就错了，错了必须换步伐。上午时间紧，如何换步伐只是简单示范了一下，没时间练，大家都还不会，所以怎么也换不过来，于是更加慌张，手脚也更加不听使唤。班长感觉后面节奏不对，回过头来小声说道："错了，换过来。"一连说了几次，弄得我满头是汗。

电影院里，剧情让我暂时忘掉一切，我还当自己在家乡呢！剧终时灯光一亮，看到四周一片绿色的军服，心骤然紧了起来。

回来后，宋振国说起对宜春城市的印象，我浑然不觉。

五

一连几天，我都处在一种高度的紧张和惶恐的状态中，训练时极其认真，一丝不苟地按照班长解说的动作要领练习。比如：立正时，要求中指贴于裤缝，我的中指便一刻不敢离开裤缝；班长说两眼目视前方，我的眼睛便死死盯着前方的某个方位，眼珠一下也不敢乱转……在这种高度的紧张状态下，训练时身体时时刻刻都是绷得紧紧的，以至于每天训练结束都累得不行，身体的每个部位都酸疼得厉害。在家时，虽然经常参加劳动，却从没这么累过。每次训练回来，最盼望能到床上躺一躺，哪怕一分钟也行。可是，除了晚上睡觉时间，任何人不准躺床，甚至坐在床上也不行，最多只能坐坐小凳子。小凳子每人配备一张，放在床下固定的地方。小凳子又小又矮，坐着也无法让人全身放松。

天黑之后，没到熄灯时间不能睡觉。此时又困又乏，能做的只能一边写信，一边打哈欠。

清晨，起床哨声一响，大家一跃而起，匆匆忙忙穿衣服、叠被子，然后迅速到屋外列队。那时候，袁州饭店刚刚落成，它的面前有一块空地，极不平整，布满了凸起的大小不一的石子，早操多数在那儿进行。早操结束后，整理内务，打扫公共卫生，擦窗户也是每天的必修课。这时，第一次哨响是洗漱，第二次哨响是小值日打饭，第三次哨响才是吃早饭。

早餐基本是馒头、大米粥，外加一盘炒什锦菜类的配菜。中餐和晚餐都是大米饭加两菜一汤，通常一荤一素一荤菜大多是油豆腐炒肉或榨菜炒肉之类，名曰炒肉，但里面的肉屈指可数；汤则大多是青菜或紫菜蛋花汤。

按理说，这样的伙食在物质相对匮乏的年代也算马马虎虎了。可新兵训练强度大，肚子里缺油水，值班员下达"开饭"后，大伙儿一窝蜂抢着吃，常常饭还没吃饱菜便没了。因此，吃饭时个个像打仗一样，狼吞虎咽、风卷残云。二排有个大田上京的新兵叫魏祥朝，一次不小心吃进了一截蒸笼上掉下的竹篾，不巧又卡在咽喉里，咽不下、吐不出，憋得他脖子上的青筋一根根暴起，眼珠差点掉了出来。班、排长们用尽了办法，又是吞饭，又是喝醋，还叫来了卫生员，竹篾最终吞了下去，可魏祥朝当时的模样让大家心有余悸。下一顿饭前，值班干部特意告诫大家吃饭不要太猛，要细嚼慢咽，千万不要因为吃饭而"壮烈"了。此外，江西人喜吃辣，菜里往往放了许多辣椒。福建来的新兵刚开始不太习惯，吃起菜来从不敢放开，吃相也比较斯文。江西兵则不同，他们嫌辣椒放得不够多（要照顾福建兵），味不足，吃起来总是大口大口的。班上有个姓徐的江西兵，专挑肉吃，平时说话还总爱翘着嘴。班里的福建兵特别讨厌他，常常给他白眼。他浑然不知，天天照样挑肉吃。渐渐地，班上另3个江西兵也开始不待见他了。

训练间隙，我向班里的4个福建兵发出倡议：每餐根据菜里肉的数量来夹肉，正常每人每顿只能吃两到三块，绝不多吃。之后，从我做起，4个福建兵开始不抢肉吃了。慢慢地，除了"翘嘴徐"外，其他人也都不抢了，饭没吃饱菜就光盘的事再没发生。

除班长之外，新兵每人一天轮流充当小值日。小值日不用出早操，整理好自己的内务后就扫地，再去打扫本班卫生区，最后给班里每个战友打好洗脸水。洗脸水是从边上的井里打上来的，打水需要各班的小值日们协同完成。开饭前，小值日事先排队到饭堂洗碗、打饭、端菜，饭后收拾餐桌。晚上睡觉前，小值日还必须对全班进行讲评，当天谁表现好、谁表现不好，简单总结一下，最后与次日的小值日交接。当然了，刚开始都是班长讲评，一周后才由小值日讲评。

一个星期后，我渐渐适应了训练，慢慢放松下来，紧张的情绪也渐渐平复了。

六

刚放松下来，班、排又开始搞紧急集合。最初只打背包，班长把我们叫到屋外列队，下令"开始"后，大家冲进屋，以最快的速度打好背包，再跑回屋外列队喊"报告"，看看谁用时短，背包又打得好。

头一回训练时，一着急竟然把背包带绕错了，解开重新打，待冲出去喊"报告"时，已是倒数第二名。第二回训练时又差点出错，幸好及时纠正，得了第二名。

鉴于自己打背包容易出错，为了避免狼狈，趁睡觉前还未熄灯的工夫，前前后后认真琢磨了一遍。熄灯后，躺在床上又在脑子里打开了背包，两只手在空中比划了好一阵。从班长的言语中，估摸第二天一早可能会紧急集合，便暗暗告诫自己：到时候一定不要慌，先套上衣服、裤子，接着跳下床套上鞋，然后打背包。背包打好后迅速往外冲，边跑边扣扣子，到了集合地点喊完"报告"，再提上鞋后跟、整理衣服。按班长教的这个顺序，心里念叨了一遍又一遍，不知不觉睡着了。

果然，第二天一早，大家还在睡梦中，突然寝室外响起了"嘟嘟嘟嘟"的紧急集合哨声。我一跃而起，按照昨晚捋过的顺序一项项来，完成后迅速冲到屋外"报告"。这时，天刚蒙蒙亮，雾气弥漫，外面还没几个人呢。接下来几次紧急集合，我都完成得不错。班长梅达忠忍不住表扬说："嘿，这小子，打背包算是出师了！"

训练不那么紧张了，谁知，苦恼的事又接踵而至。我是排头兵，不论什么任务都从我开始，这让我十分苦恼。比方说小值日，第一天就从我轮起，头一次需要干些什么活还捋不太清楚，打饭找不着碗，扫地找不到扫帚，讲评时紧张又磕巴。再比方说站岗，也是从我先轮起，既要记任务又要记口令，把人弄得紧张兮兮的。

更苦恼的还在后头。比如齐步、正步、跑步全班协同时，必须由排头兵控制节奏和步伐，否则一个班很难做到整齐划一。一开始，班长并没有提到这方面的注意事项，所以排里第一次小会操时，因为紧张，我没控制好节奏，以致全班发挥失常。

大概其他班也没发挥好，会操后，排长点评时，我们班竟然还被表扬了，我个人也受到了表扬。

休息的时候，班长找到我，说我没压好步伐。我的心情原来因受表扬而晴空万里，忽然来了个晴转阴。接下来几天，压不好步伐的事一直困扰着我。于是，我跟班长商量，能否与班里的第二名宋振国互换位置。宋振国倒无所谓，班长却坚决不同意。

新兵连要成立临时党团组织，组建军人委员会，候选人事先都定好了。那天晚上，全连聚集在连部楼前开会表决。临时党组织通过后，开始选举团组织和军人委员会，想不到名单中竟有我。听到自己的名字，我本能地打了个立正。这时候除了本排的战友之外，其他新兵大多互相不熟悉，不论选谁，大家都会举手。

人选是一个个举手表决的，我之前的都是"全票通过"，唱到我名字的时候，我不知道自己该不该举手，犹豫了一阵后，最终没举。连长问值班班长表决的情况，班长回答说："全票通过。"连长说："不对吧？我看王福校自己就不同意。"班长说："他自己不能算！"连长说："本人意见也要算。自己没举手，就算保留意见。"后面接着表决的，班长都报告说："除本人保留一票外，其余一致通过。"看来，后面的人都学了我的样儿，没给自己举手。

选完后，当选的人留下来开会，分配任务。我的任务是协助出黑板报。在学校时曾出过几期黑板报，不知部队的黑板报是什么样子，私下有些担心。到出黑板报时，只要求配合修修边、画画花草之类，总算松了口气。

七

经过一段时间的训练，大家都渐渐适应了新兵连的生活。其实，新兵连除了训练紧张外，趣事还不少呢！

多少年后，我还一直念念不忘在沙滩上训练的场景。

太阳刚刚升起的时候，河面上弥漫着一层淡淡雾气，不远处的秀江大桥与秀江河两岸的景物交相辉映，风景十分别致。

队伍拉到这里后，以班为单位分散操练。铿锵有力的口令，整齐的步伐，配上潺潺的水声，仿佛是一曲刚柔并济的优美乐章。不一会儿，脚下的小草也泛起了雾气，同河面上的雾气一同袅绕升腾，随后消失得无影无踪。河中时常有成群的鸭子，养鸭人泛着小舟，悠然地从河面上漂过，这简直就是一幅绝妙的画卷啊！

训练了一会儿后，草地上的水分少了。休息时，我们躺在草地上，甚至打个滚，衣服弄湿了也毫不在意。沙滩上的小草长得十分浓密，像一张巨大的地毯。这时是我们最惬意的时候。

连队鼓励各班利用休息时间多出小操，巩固训练成果。同时，还制作了"军事优胜"的流动红旗。在饭堂一侧的墙上贴了大大的表格，内容主要是军事训练、内务卫生、作风纪律、理论考核等等；栏目还设了班优胜、排优胜等，优胜的班、排一律在方格里贴上一面小红旗。各班各排乘势展开了一场热火朝天的竞赛活动。班长们谁也不甘落后，个个想扛红旗。看到新兵们闲着，就逼着出小操、整内务。尤其是午饭和晚饭后，刚休息一会儿，就被逼着上沙滩上出小操，原本正常训练已经够累了，还要搞"疲劳战"，新兵们极不情愿，却又没办法。因为心里不情愿，导致出小操时效果欠佳，班长自己也很疲倦。后来选了林培志当副班长，就让副班长带出去。一到沙滩上，大家要么懒洋洋地倒在草坪上，要么围坐在一起漫无边际地侃大山。为了应付班长下达的任务，不做几个动作也不行。每到这时，林培志就跟我商量："福校，咱们练一下吧！"或者问："咱们练点什么？"问得多了，我便没好气地说："干吗老是问我呢？听听大家的意见嘛！"可下一回他还是来问我，因为他叫不动大伙儿。我虽然也一百个不情愿，却只能硬着头皮说："咱们认认真真练几个动作，练好了再休息！"大家便一起响应。

除军事训练之外，新兵连经常组织理论学习。学习的内容包括《队列条令》《内务条例》《纪律条例》等部队规章制度以及我军成长壮大的光辉历程、光荣传统等等。因为新兵连结束时要进行理论考核，所以，理论学习虽然枯燥，大家都认真记录，半点不敢马虎。

最放松和最让人愉悦的时刻是唱歌，通常是在晚上或雨天进行。记得到部队学唱的第一支歌是《光荣的人民武装警察》，这支歌唱起来雄壮有力、豪情万丈，有一种气吞山河之势。后来又教了《战友之歌》《说打就打》《打靶归来》

《在那桃花盛开的地方》等等，甚至还教了一首《礼貌歌》。一次唱歌临近尾声时，值班排长问："有谁自告奋勇站起来唱一遍？"我们排的一位江西兵站了起来，把《战友之歌》唱了一遍。他把"同吃一锅饭"唱成了"同吃一窝饭"，他唱完后竟还赢得一片掌声。我当时还纳闷，后来方知，江西人大多"锅""窝"不分。这边掌声还没结束，那边消防的一位新兵忽然站起来，并且张口就唱。这位"勇敢者"，嘴宽得没法形容，背地里大家都说他像"大猩猩"。只见他摆出一副歌唱家的姿势，十分滑稽，不过歌倒唱得不错，真是人不可貌相。《礼貌歌》就是由他教的，据说此人当兵前是小学民办教师。

八

每到星期六下午，新兵连都要举行全连大会操。头一次大会操时，没等出发，我已经紧张得手心直冒汗了。

这天天气格外晴朗，暖洋洋的阳光透过地委大院道路两旁的法国梧桐树，零零落落地照下来，与地上稀稀疏疏散落的树叶组成了万花筒般的图案。全连列队进入地委大院时，脚下的落叶不时发出"咔嚓咔嚓"的脆裂的声响。

会操在灯光球场进行。球场四周都有水泥台阶看台，各排依次坐在看台上。会操由连长亲自主持，各排长及连干部一旁负责打分，一个班一个班轮番上场"表演"。因为又是我们班打头阵，我紧张得不断打颤。班长坐在边上，察觉到我的异样，悄悄问道："你怎么一直在抖？"我小声说："太紧张了，不知怎么办才好。"班长微微一笑说："放松，像平时训练一样就行！"

当班长带着全班呼喊着番号上场时，四周的空气仿佛凝固了一般，幸好最终没出什么大的差错。之前排长断言我们班的水准谁也比不上，而我们排也应该稳拿第一。可惜没发挥好，我们班只拿了个中上。我认为自己有很大责任，有些内疚。

第二次大会操时，我们班凭借出色的发挥，稳稳地拿下了第一。再接下来几次，不是第一就是第二。我似乎找着了感觉。会操时，一上场我就首先给自己定下行进的方向标，确保在行进中不走偏；其次是在精神高度集中的同时，按平时行进的节奏心中默念"一二一"，这样，全班协同时，就能步调一致、整齐划一。

队列训练到步伐变换和行进间转法时，难度大了些，不少人脑子不够用了，全班协同起来也出现新的问题，大家也都感到了自己的不足。这时候班长叫出小操，大家也不敢有怨言了。

新兵连全连统一操练时，一般都是到宜春三中的操场上进行的。

出操时全连统一集中，然后以排为单位，按顺序出发。路上除了简单的"一二一""一二三四"行进口令之外，这时候口令渐渐多了起来。不经意间，突然会来一个"立定"的口令，总有个别人会刹不住车似的向前撞去……行进中，一会儿用跑步，一会儿改齐步，一会儿又换正步……学会了行进间转法之后，还会突然来一手"向后转走"，将整个队伍"哗啦"一下调了个头。每当这时，队列排尾的战士便苦不堪一言因为他们习惯了跟从，让他们打头阵立刻会慌神。

不过不用担心，指挥员不会让他们持续打头阵的，很快会再来一个"向后转走"，将队伍又调过头来。

各排后面都有几个相对矮小的兵，因为腿短，常常跟不上步伐。全连统一行进时，班长们通常在前面领队。看到前面排最后几个兵洋相百出，班长们调侃："瞧，前面那个排后面跟了几个'老表'！"一排后面"老表"中有两三个是福建兵，我对他们有点儿不满，觉得给福建兵丢脸了。有一次，二班长孔福海要我帮他说说陈秉跃和林联瑞——这两人在队伍里行进时总是一蹦一跳的，分不清他们走的是齐步还是跑步。我私底下找他俩谈话，要他们认真点儿，可最终没有丝毫变化。

九

接下来，该介绍一下我们的班长和排长了。

前面说过，班长叫梅达忠，平时挺严肃。原以为他比我大很多，临近新兵连结束时，他才告诉我，其实他只比我大几个月。只不过他15岁就来当兵，当时还是个毛孩子。他下中队后第一次投弹仅投了27米，一同分配的新兵有人投了49米。中队长找他谈心，可不等中队长开口，他自己先哭了起来。我听了一愣一愣的。看他平时管起我们来神气活现的样儿，开起班务会来一套套的，怎么也想不到，他比有些新兵的年纪还小。

排长叫李其杰，26岁，宽宽的国字脸，中等身材，却显十分壮实，给新兵的感觉，一定是个练家子的。他从来不苟言笑，常常摆出一副凶神恶煞的模样，大家都很害怕。班长们又时不时拿他吓唬新兵："不好好训练，惹恼了排长，只要他说一声，要退谁回去，谁就别想留下来！真被退回去了，看你们怎么跟江东父老交代。"于是乎，大家对排长又惧怕了三分。实际上，排长是个特别开朗的人。听说他刚刚完婚，新婚妻子还是某个剧团的演员呢！不仅如此，排长还很喜欢唱歌，而且最擅长拉歌。每到唱歌时间，排长就指挥大伙儿拉歌。拉歌时，他唱前半句，大伙儿齐唱下半句，一声比一声高。最具代表性的拉歌是这样的：

　　　叫你唱歌——你不唱！

　　　忸忸怩怩——不像样！

　　　你的歌儿——唱得好！

　　　我们要听——你的歌！

　　随后一起高喊，一边喊一边配上有节奏的鼓掌：

　　一、二——快快！（啪啪）

　　一、二——快快！（啪啪）

　　一、二、三——快快快！（啪啪啪）

　　一、二、三、四、五——我们等得很辛苦！（啪啪啪啪啪）

　　一、二、三、四、五、六、七——我们等得很着急！（啪啪啪啪啪啪啪）

　　拉歌场面气势恢宏。我们拉这个排唱、拉那个排唱，其他排倒过来拉我们排，但其他排的指挥者都不如我们排长。拉着拉着渐渐进入白热化，全场的气氛被调动起来，各排都想让自己的歌声盖过其他排，越唱越亢奋，歌声也越唱越高亢。当过兵的人都知道，部队集体唱歌不一定要唱得多有感情，但必须唱出精气神、唱出气势、唱出战斗力。

　　某个星期六的晚上，排长来到我们寝室，跟大家一块儿互动，逗这个唱歌，让那个表演节目。点到我时，我坚决说不会唱。大伙儿便一个劲儿鼓掌，接着大喊"一二，快快""一二三四五，我们等得很辛苦""一二三四五六七，我们等得很着急"……仍不见动静，排长便要亲自上阵指挥拉歌。我慌了，趁他们没留神，猛地夺门而逃。但一切都是徒劳，很快被大伙儿逮了回来。这时宋振国正把自己买的冻米糖分给大家，见我进来，便塞了一块到我手里。我下意识地接了，很快又觉得不对，连忙用另一只手捂住。二班长一见，立马发话："大家注意了，瞧见没？王福校姿势都摆好了，两手相握，标准的歌唱家风范！"大家一齐大笑，之后拼命鼓掌。被逼得没法，我只好唱了一首《满江红》，唱着唱着还是忘了词。排长怕我难堪，立即带头鼓掌。趁着兴头，他又教了一些他新编的拉歌小调，说是原来的拉歌套路其他排基本学会了，下次换点新鲜的，气死他们！

十

但凡当过兵的，大多会说新兵连苦。我却觉得，除了紧张外，没有什么苦的。当然，这只是我的个人感觉。事实上，一同来的新兵，没几天一个个就叫苦不迭，有人甚至说早知道这样就不来当兵了。据我的观察，叫苦的基本上是那些平时动作掌握较慢，常常挨班长训斥的新兵，但他们也只是嘴上说说而已。话说回来，部分班长在新兵老是出错时，会忍不住敲一下打一下，或者轻轻踢一脚。我们班长梅达忠也有这类毛病，班里只有我和副班长林培志还没被他敲打过。

当然，若一定要说苦，也有。比如，天气寒冷，早晨小值日从井里打来的洗脸水，等我们洗时，已结了一层薄薄的冰；晚上洗脚，同样也只能用冷水。再如，白天不让人休息，夜晚不定时的紧急集合又搞得人睡不好觉。我们班的"翘嘴徐"为了不落后，每天晚上坚持不脱衣服睡觉（这是不允许的，他只能偷偷这么干）。还有就是仅身上一套军服，一天一身汗，没得换洗，更没处洗澡。直到半个多月后补发了服装，才组织集体到当地化肥厂澡堂洗了一次。

另外，有一种说不出的苦——想家。十七八岁的年纪，大多第一次离开父母，第一次离开家乡，不想家才怪呢！

到新兵连的第二天，大家都赶忙给家里写了信。6 天后，陆陆续续开始收到回信。但凡收到信的，都开心无比。我一有空就写，寄出去的信比谁都多。可不知怎的，天天盼，天天失望，连给同学的信也不见回音。看到其他新兵收到信时兴高采烈的样子，我就怅然所失。直到 20 号那天终于接到两封，却不是家里寄来的。入伍前，留守处家家户户都在忙着准备搬家。只知道我们家要搬到安溪县城去，但具体搬到什么地址、什么时候搬，一概不知。所以，又无法给家里写第二封。脑海里不断思索着：家到底搬到哪儿了？新的家是什么样子？弟弟们到新的学校上学了吗？

我开始胡思乱想，一会儿想家，一会儿想同学，一会儿想学校……在宜春三中训练间隙，看到学生们做课间操，就想我的同学这时候是不是也在做操；看到有学生踢球，就想那几个爱踢球的同学是否也在踢球……

白天训练累，夜晚时常做梦。梦里面，自己穿着军装回到了学校，可同学们都不理睬我，把我当透明人了……梦见回家了，哥哥、姐姐、弟弟们都来接我。小弟问："学拳术了没？"我说学了一套，并当场打了一遍给他们看……

有一次，梦见自己在新兵连里受不了了，当了逃兵，跑到大哥开的店铺里躲了起来。这个店铺竟然也在宜春，只是离新兵连远了一点儿。我天天躲在店里，不敢出门。一天，我们排突然经过这里，排长还把队伍停在了店门口，我被吓得魂飞魄散。其实排长早看见我了，却装作没看见，故意在门口整一整队伍又走了。我担心排长派人来抓我，自己乖乖回到了新兵连……

梦醒后，我恍恍惚惚，若有所失……

十一

星期六晚上，难得的自由活动时间。新兵们有的写信，有的打扑克消遣，有的围着班长摆龙门阵。大约是好奇心驱使，新兵们总喜欢窥探别人的秘密。当你写信时，时不时有人过来问你写给谁。如果你捂着不让看，来人便大声嚷嚷：看都不让看，一定是写给女朋友的！这方法很奏效，不久，排里谁有女朋友很快便昭然若揭了。宋振国也有女朋友，让人好不羡慕。

看到他们给女朋友写信时神秘兮兮的样儿，不由得把过去班里的女同学也在脑海里过了一遍。上学时，自己从不和女同学搭讪。这时候总不可能贸然寄封信去吧？实在无事可干，便掏出扑克牌来"算命"。这是来部队的路上，一位上京公社的新兵教我的一种游戏。算算将来工作如何、老婆是否漂亮、对你感情是否专一等等。大伙儿一见，都来了兴致，纷纷围了上来。班长梅达忠也来了劲，一定要我给他算算。

于是，我摆好牌后，让他依次翻开，然后一一解释：他老婆很漂亮，而且挺会交际，两家距离较近，感情却不是很好……他一听，立马说："讨老婆不能要漂亮的，漂亮的女人会吸引别的男人，当然感情不会好了。所以我不讨老婆，要讨的话也要找个难看点儿的。"末了，他一个劲地让我教他玩这游戏。自此以后，每当有人问起他将来要找什么样的老婆时，他都一本正经地说："我不讨老婆的！因为即使讨了感情也不会好，所以干脆不讨！不信问福校！"瞧，活脱脱一个大男孩！

晚上熄灯后规定不准说话。我跟宋振国的两张床是并在一起的，两人都往中间挪挪，挨在一块儿偷着聊天。值班班长明知是我俩，却故意大声问："谁在讲话？"我们立即噤声。过了一会儿，又开始嘀嘀咕咕。值班班长又道："不许说话！"我俩想气气班长，故意打开了呼噜，并且把声音弄得十分夸张。其他新兵觉得好玩，纷纷加入，寝室里顿时响起一片呼噜声。我忍不住"哧哧"笑了起来，整个寝室瞬间笑成一片，值班班长也跟着笑了。但他很快强忍住笑，严肃地呵斥："哪个在笑？"大伙儿赶忙把头蒙在被窝里，捂着嘴，不让自己笑出声。一会儿，大家都忍住了笑，又纷纷打开了呼噜。接着，又是笑声一片。班长们也憋不住了，跟大伙儿一块儿笑。

当然，玩笑总要适可而止，不能过分了。

星期天下午休息，排里的几个福建老乡，我们班的宋振国、柯荣辉，二班的乐璟琪、陈秉跃，三班的张兆城，大家端着脸盆，肩上搭着毛巾，唱着《战友之歌》来到沙滩。这天，阳光暖洋洋的，沙滩上早已有不少新兵。大家纷纷脱了鞋下到水里，有的用毛巾擦身子，有的洗衣服，有的洗鞋子。衣服鞋子洗干净了，直接摊在沙滩上晒。

远处，有个当地人在河边抓鱼，大伙儿便围上去。这位老表的捕鱼工具很特别，我们几个福建兵从未见过——在竹竿一头装了个网，网口呈半圆形，圆的部分朝上，平的一面朝下，快速把网推出去，朝岸边草丛猛地拉回，就能捕到不少小鱼小虾。大伙儿跟在他后面，只要有鱼就大声喝彩。抓鱼的老表在大伙儿的喝彩声中越抓越起劲。

老表走后，我们发现某处有一小塘积水，大概是有人挖沙子留下的坑。我说里面肯定有鱼。宋振国一听，二话不说就下到水里，我也跟着下去了，果然抓上来十几条鱼。

回去后，用脸盆装着鱼，偷偷养在我的床下。新兵们知道我床下养鱼，都过来看。江西的新兵说这鱼叫"黄丫头"，福建大田来的没见过这种鱼。这鱼的脊梁上长有很特别的鱼翅，捏着它背上的翅将它提起来，鱼便会发出"吱吱"的如同老鼠般的叫声。宋振国提它时，猛地一下丢开了，说自己被鱼电了一下，吓得大家再不敢捏它了。

班长很快知道了这事，说这是违反《内务条例》的，必须立即处理掉，否则内务卫生流动红旗就要让给其他排了。我和宋振国有些舍不得。排长出主意说："有个干部家属来队了，把鱼送给他吧，可以熬盆鱼汤！"我们只得同意，眼睁睁地看着班长把鱼送走了。

十二

队列科目训练完成之后，又巩固了一星期。这一星期里，多数时候全连一起操课、一起喊番号，特有气势，一点也不输训练有素的部队老兵。尤其是练正步走时，一声令下，全连一起踢腿、一起踏下，所过之处，尘土飞扬、浓烟滚滚，场面甚是壮观。

连长还亲自组织了一场阅兵训练。他把每个排当成一个营，自己当团长，然后一个"营"一个"营"地从他面前正步通过。开始检阅了，他喊"同志们好"，我们就喊"首长好"；他喊"同志们辛苦了"，我们就喊"为人民服务"。他走到哪个"营"，哪个"营"就开始呼喊。最后全连一同呼喊，差点把天给喊破了。

连长叫占丽华，才24岁，眼睛瞪起来就像牛眼一样，笑起来时又眯成一条缝。

一次，连长说要考考大家的执行力，把全连召集起来，每个排站一行，然后报数。平时我们都不这么列队，报数顶多报到9，所以报错的人不在少数。

连长把报错的战士都请到队列前，让他们重新报数。报完后似乎有些满意了，却冷不丁喊道："一二名！"一二名立即答："到！"连长下令："齐步走！"又喊道："三四名！"三四名回答："到！"连长又下令："向右转，正步走！"又下令五六名："向左转，跑步走！"……这些人或走或跑，朝着不同方向行进，很快都到了操场的尽头。北边是一人多高的石砌墙，南边地势比操场低一人多高，东边则无路了。北边、南边的战士不知不觉拐了弯儿，东边的干脆停了下来。连长见状，大声喊道："谁让你们拐弯的？谁让你们停下的？"几个人愣了，一时不知所措，只好在原地踏步。

连长让几个班长把他们招回来，训斥道："没叫你们停，为什么停？有你们这样执行命令的吗？能通过的障碍物要尽量越过！"训完话后重新演练。这一次，北边的翻过了墙继续前行，南边的跳下高地也继续前行，东边的不断踏步，西边没有障碍物就一路畅通无阻，没有一个人敢回头。

游戏结束后，大伙儿围着刚才几个去执行任务的说笑，连长在一旁也偷着乐了。

十三

在全班眼里，梅达忠总体比其他班长要好，但大伙儿也烦他，主要原因是他逼我们出小操比别的班多。

他还有两个坏毛病。一个是经常鼓动新兵买零食，许是新兵连伙食比中队差的缘故。虽然买来的零食大多是大伙儿共同分享，但我对此种行为不敢恭维，因为父亲从小就教育我们不能吃零食。另一个是在开玩笑时，习惯用脚背去弹踢别人，虽然不疼，却挺讨人厌。

一次，政治课课间休息，或是为了活动活动筋骨，又或是为了驱赶寒气，班长借着洗衣台跳上跳下。洗衣台并不高，他一边跳一边调侃我说："你肯定跳不上！"我被他一激，想都没想就向上跃。大概是被这小小的高度给麻痹了，没用全力，虽然上去了，结果右脚只踩到洗衣台的边儿，一下失去重心，滑下来了，右小腿还被洗衣台的边缘刮得酸疼。他见状，得意地说："怎么样？我说上不来吧？"我又尴尬又不服气，强忍着疼痛再次用劲一跳，这回上去了。上课后，腿却越来越疼，但生怕被笑话，就硬撑着，装出一副若无其事的样子。下课后找个没人的地方，撸起裤管儿一看，只见右小腿正前方蹭破了一道五六厘米长的伤痕，幸好没流血也没肿。这一幕被宋振国看到了，他吃惊地问："怎么了？"

我故作轻松地说："刚才在外面跳洗衣台时不小心刮了一下，没事。"

政治课后，是5公里体能训练。我忍着痛跑，不让别人看出自己有什么异样。午饭时，班长又拿这件事调侃，我心里有些不快。饭后，我不敢往人多的地方凑，怕不小心碰着伤口，同时也担心班长过来开玩笑用脚背弹人。偏偏怕什么来什么，休息不一会儿，他就让我们出小操。话音刚落，随即一个脚背过来，"亲"了我的小腿一下，却恰好在伤口的位置上，疼得我差点掉下泪来。我剜了班长一眼，走到屋外，坐在水沟边上，捂着小腿。班长好像明白了什么，让大家先走。见我仍一动不动，走过来说了句："没本事跳又要逞能！"我把脸转向一边，不理睬他。他悻悻地走了。我撸起裤管儿，只见伤口竟然肿得跟个馒头似的，其他班的几个新兵见了尖叫起来。过了好一会儿，我才一拐一拐地去了沙滩。不过，我并没有因此而影响训练。几天后，终于消了肿。

这天晚上，恰好是星期六自由活动时间，新兵们多数忙着写家信。我不知道该干什么，又困又乏，不知不觉坐到床上（规定不许坐床的）。脑海里尽是哥哥刚回的第一封信，内容全上"政治课"了，一句温暖的话也没有。最关键的，还把我再三强调的新家的地址忘记告知了，弄得我无法与家里联系。想着想着，一丝伤感的情绪涌了上来。

班长以为我哭了，过来拍拍我说："怎么了？怎么了？"我没理会他。他又问："哎呀，干吗这样呢？起来，起来！"说着上来拉我。

我知道不允许坐床，就站了起来，从床下拖出小板凳坐下，继续伏在床上，依然不理睬他。

也不知班长此刻哪来的这般热心，不断地问这问那："是不是想家了？""是不是生病了？"……弄得我一阵心酸，泪水也不争气地滚落下来。

这时候，排长来了。他料定我有心事，就把我带到自己的宿舍，倒了杯开水，还拿出饼干招待我。他反复询问，我都说没事。他说不可能，说我天天一副乐哈哈的样儿，和排里每个新兵都相处得十分融洽，大伙儿都十分喜欢我，没什么事一定不会这样的。他见我脸红通通的，眼角的泪水还没擦干，误以为我哭了好长时间。

见我不肯说，他转换话题，问父亲在哪儿工作、家里情况怎样等等。我不得不如实相告：父亲在我当兵前刚刚去世，母亲没有工作，两个弟弟还在上学，家刚刚从大田县桃源公社搬到安溪县城，新地址还不知道，母亲和弟弟今后生活如何安排也不清楚……说着说着眼睛又红了。排长听完，感慨道："想不到你家中还有这么多困难，大家都以为你是高干子弟呢！"之后跟我聊了好一会儿，一再鼓励我要安心服役，在部队里干出点样子，别让母亲失望。从排长宿舍出来，心情平静了许多。

十四

次日开班务会，要求每个人总结一下近段时间的表现，谈谈感想。我情绪不高，本不想说话，见大家挨个说了，也只得敷衍几句，主要讲自己训练不刻苦、出小操有情绪、队列行进节奏掌控不好、影响全班成绩等等。班长接过我的话说："不是叫你来检讨的！"又道："大家别看王福校整天爱写信，不常个人出小操，但他接受能力强。我敢说，现在班上没有一个比得上他！"我听了，觉得他在刻意安慰我。

接下来的日子，我不大搭理班长，他也不敢和我打打闹闹了。有时，我还故意惹他生气。

有一次清点物资，让新兵们把所有个人物品都搬出来放在床上，然后到屋外"定形"（也叫站军姿），由各班长清点物资，查查是否有不符合规定的物品。透过窗户，看见班长检查我的物品时，把夹在书本里的一封刚写完的信拿了出来，并且展开看了好一会儿。待检查完，我便一个劲地挖苦他，说他检查得很仔细、很认真，连家信内容都不放过，把他堵得说不出话来。晚上小值日讲评后，他阴阳怪气地说："有些同志很不好啊！不就清点个物资嘛，还说这个道那个的，很不好啊！"讲评是在室外进行的，天黑漆漆的，我提了提鼻子。

那段日子，班长的情绪也不好，动不动发火，谁不认真，就破口大骂，甚至把全班都骂上了，动不动就"怎么搞的""搞什么东西"。他越发火，大伙儿心里就越不好受，情绪也就越提不起来，动作也就越来越不像样。有时因为一个人"向后转"转错了，他就不停让大家转，一直转到头昏眼花，有时还叫人出列罚站。

他不在的时候，大伙儿在背地里骂他"神经病"，个别的还朝他背影挥拳头。

除了训练上各班争先恐后外，内务卫生的流动红旗也争夺得异常激烈。每天早操归来，个人内务整理好之后，大家都以最快速度去擦窗户或打扫卫生区，一秒钟也不敢耽搁。吃完早饭，离操课还有一丁点儿时间，大家总是再把全班毛巾整理一遍，再瞄一瞄牙刷、牙膏是否摆在一条线上，或者再把被子整一整、拉一拉。

说到被子，最是让我头痛。也不知怎么回事，配发给我的被子，竟然头上有一小截是空的，里面没有棉絮，褶皱也特别多。难叠也就罢了，褶皱的地方怎么也拉不直。我们排二班长孔福海是当之无愧的叠被子高手。记得到新兵连的第一天，曾被他的"铜方块"给镇住了。我专门请他帮忙。他帮我叠了半天，最后说："你这被子一时半会儿叠不起来。"还就势打了个比喻："王福校的被子呀，跟王福校的性格一样——软绵绵的！"我不禁哑然。

对了，孔班长的床紧挨着我的床，而我们班长却在二班最前端位置。为什么两人调换了床位，我没细究。但由此，我与孔班长有了更多的接触，也相互有了更多的了解。孔班长个子不高，性格稳重，喜欢文学，时常看书，这点与我十分投缘。

十五

到新兵连半个月后，终于补发了服装。发服装之前，先行登记号码。福建兵个个都登记大一码的。鞋子要大一点还能理解，因为加个鞋垫就行；可衣服也要大一号，老兵们就不能理解了。其实，原因很简单：当时福建这边正流行港台风，习惯裤管长长的拖到地板，衣服也长长的遮住屁股。二班长孔福海见状又开始感慨：这些福建兵个子小小的，衣服竟然要大大的……

发装备本来是件好事，可紧急集合时东西一多就容易乱。最初紧急集合时只有挎包、背包和腰带，后来要求把包袱也打进去。这会儿又要求把绒衣、绒裤也打进去，最后还要别上一双鞋，发了枪之后还必须提上配枪……于是，紧急集合时，各种洋相层出不穷。通常紧急集合后，都要跑3公里或5公里，一路上"叮叮当当"，不是掉这个物件，就是掉那个物件。有一回，二班的乐璟琪背包打松了，跑着跑着，被子突然掉到地上。他回头捡起被子抱着继续往前跑，背包带却一直拖在地上。后面的战士叉开两腿小心翼翼地跳跃着，生怕踩着了背包带。那模样儿，又狼狈又好笑。讲评时，大家神情都十分严肃。乐璟琪是二班的第三名。趁天黑，我偷着扭头去见他，只见他比任何时候都严肃，甚至还表现出一脸无辜的样子。我忍不住"扑哧"一下笑出了声，没想到引得全排都笑了起来，排长也跟着笑了。

我也出过一回洋相。有一回，夜里紧急集合，我一味图快，套上衣服后先不扣扣子，忙着打背包，打好了背包背上就往外冲，扣扣子时才发现衣服穿反了。因为睡觉前脱衣服时，袖子不小心翻转过来了，当时没及时翻回来。都怪自己经验不足！这下好了，洋相出定了！可又一想，反正黑咕隆咚的，估计大家看不清楚，索性反着扣起来。班长来检查装备是否携带齐全时，见我的衣服有些古怪，让理一理。我这才不好意思地说："穿反了！"惹得大伙儿笑了我一通。好在之前裤子穿反的也出了两三回，大伙儿也就见怪不怪了。

忘了说了，紧急集合时是不开灯的，还不能说话，尽量不发出声响，一切都在黑暗中悄悄进行的。

起初紧急集合时，班排长们都不用打背包。有一次支队参谋长亲自来搞紧急集合，要求班排长都必须打背包带装备，而且一点也不能比我们少，班排长们个个被弄得狼狈不堪。

此后，每次紧急集合，他们也紧张兮兮的，生怕落到我们后头。

支队参谋长个子不高，敦敦实实的，头发特别短，而且一根根竖起，一看就知道是个十分厉害的角儿。也许是某种偏执吧，他最爱管战士头发，经常来检查，稍长一点就要求马上剃掉。个别班排长想搞小特殊，不及时剃。会操时，参谋长毫不留情地把头发长的班排长点名出列，命令他们立即剃掉，并严正声明："如有再犯，定不轻饶！"从此，再没人敢搞特殊了。

新兵连临近尾声时，组织了一次体检。体检如果不合格，是要被退回原籍的。听说每年都会有一两个兵被退回。新兵们忐忑不安，生怕自己身体被查出问题。刚检查完，结果一时没出来，人心惶惶。新兵们见面就问："如果被送回去怎么办？"还一起相互调侃："欢送新战友光荣退伍！"后来结果出来了，这年一个兵没退。

十六

排长和我谈完话后不久，哥哥又来信了，字里行间看出，他十分激动。信中说，他收到一个战士的来信，还寄了10元钱和20斤粮票。信上没有署名，只说是我的一个战友，还说和我像亲兄弟一样，恳求哥哥一定收下他的心意。汇款单上的名字是李杰。排长名字叫李其杰，还用猜吗？我拿着信跑去找排长。排长开始坚决否认，后来说："别管是谁寄的，只要好好训练，安心服役，才对得起战友和家人。"我热泪盈眶，握住排长的手表示："我一定好好干，不辜负大家的期望！"几天后，支队一个从事新闻写作的老兵找我采访这件事，我把全过程详细作了描述。老兵跟我说，他还从来没有稿件上过《人民武警报》，这次争取上一下。我一直关注这件事的下文，却一直没有消息。

这封信中，哥哥终于提及新家的地址，我赶忙给母亲去了信。

队列科目训练结束后，安排了半天投弹练习。助跑滑步动作我老做不好。加上胳膊细长，手臂力量不足，怎么也投不远。训练快结束时，全体都测了一下。我又是第一个出列，一上场早忘了要领，结果只投了32.5米。如果正常发挥的话，投35米应该没问题。

剩下的科目就是射击训练了。

没发枪时，大家天天期盼，有空就调侃："1个人一支枪是不可能的，2个人一支枪也是不可能的，3个人一支枪可能是木头枪……"这天，枪真来了，却是一个班6支56式半自动步枪。大家都争先恐后要领枪。我表态说："我发扬风格让给别人！"班长瞪了我一眼："说真的吗？"我点点头认真地说："是真的！"最后班长还是塞了一支枪给我。

枪发下来不久，家里回信了，我激动地来来回回看了好几遍。原来，搬家前家里收到了我的信，因为实在太忙了，母亲盘算着等搬家后让三弟用新地址给我回，没料想搬家过程中把信弄丢了，他们也一直为这事着急呢！母亲和弟弟们的新住处是一个小套房，60多平方米。小弟已经去上学了，三弟则因骨髓炎未痊愈休学在家。这封信让我这颗悬着的心总算放了下来。接到信的当晚，月亮又大又圆，月光透过窗户洒在床头上，雪亮雪亮的。我按规定枕着枪睡，可是枪杆过于坚硬，把绒裤垫在上面枕着，依然睡不着。于是索性坐起来，透过窗户看着皎洁的月光，寻思：不知月光下能不能写信？这个念头一起，不由自主地伸手从床头柜里掏出纸和笔，就着月光写了起来。

后来，弟弟来信说，这封信母亲让人念了一遍又一遍，每一遍都哭得满脸泪花。只要有外人来就拿出来给人看，每个人看了都跟着落泪。其实，我在信中没说一句思念的话，更没说一句部队艰苦的话，只是写月光很亮，我睡不着，对着月光回信……

十七

进入 12 月，天气变得异常寒冷。早上起来，周围菜地全都铺上了一层厚厚的霜，鱼塘里也结了一层薄冰，远处的树林、房屋好似银装素裹，美不胜收。

上午，霜还没完全融化，我们已经卧在沙滩上进行射击预习了。衣服裤子打湿了，太阳出来后又烤干。因为一个班只有 6 杆枪，练习时总得要有两个人休息。班长一边忙着用检查镜检查每个人掌握要领的情况，一边调整休息人员。在太阳底下练瞄准，准星缺口会出现反光，多瞄一会儿眼睛很容易花了。

晚饭后出小操，练习操枪动作。与队列动作相比，操枪动作相对复杂些。尤其是卧倒动作，右手持枪，左脚用正步踢出一大步，身体前倾，接着左手撑地，身体自然卧下……在沙滩草地上练这套动作相对比较舒服，若换成其他场地，关节指定会磨破皮的。

经过几天的射击预习，终于盼来了实弹射击。

射击场离新兵连大约5公里远。卡车把我们分批次拉过去。第一批拉去的全是班排长，他们先行去设置场地。第二批是我们排，快到靶场时，远远的听到"砰砰"的枪响，紧张得心都要蹦出来了。

下了车，射击场的画面豁然呈现在我们面前。只见射击场上有10个靶台，10个老兵正伏在靶台前，朝着前方100米处的10个半身靶射击。随着一阵"砰砰"枪响，靶后冒起串串青烟。

事先编好了组，每组10人。我们班是新兵的第一组。这可是真正的实弹射击。卧倒后，我端着枪紧张得一个劲地抖，感觉靶台偏低，找不到靶心。班长站在我身后，提醒我说："不要紧张，慢慢瞄，没瞄准千万别轻易击发。""没时间限制，眼睛累了可以把枪放下来，休息一下。"可我的两只手臂还是一个劲地抖，始终瞄不准靶心。听到其他战友已经开火了，心一横，也扣动扳机。本以为跑靶了，可报靶显示为8环，心里一高兴，一口气"乓乓乓乓"打完了。结果出来，2个8环，2个7环，1个6环，共计36环。我兴奋地回过头来对着后面的战友喊了句："36，及格了！"

这次打靶，我们班林培志打了47环。跟他比，我差多了。但听说班长也只打了37环后，我心里又舒坦多了。

第一次实弹射击后，班排进行了简单的总结，又接着射击预习。原来每班有6支枪，现在减成了4支枪（一排各班都有2支被抽去作实弹射击枪支了），这会儿真成两个人一支枪了。不过，这样也好，预习时，正好分两批轮番瞄准，人休息枪不休息。福建的几个"老油条"，轮到瞄准也常常卧在那儿偷懒，还"嘀嘀咕咕"地聊天。班长经常表扬几个江西兵，批评几个福建兵。几个福建兵却不以为然。二班在我们班边上，二班班长孔福海经常对福建兵林联瑞发火。这林联瑞是个左撇子，瞄靶姿势和别人相反，每次刚纠正过来，一转身又恢复原样。加之第一次没打好，气得孔班长着急上火。趁着休息的间隙，我走过去对孔班长说："孔班长，别管他动作了！你只管他瞄准了没，只要瞄得上就行！这家伙笨，动作很难改过来了。没准，下次还能给咱们一个惊喜呢！"孔班长没好气地回了句："但愿如此！"

晚上，小值日讲评结束，新兵们一溜儿站在路边菜地旁方便。这时，有人一本正经学着指挥员的样子喊道："目标，正前方100米处，半身靶，表尺一，准备射击！"大伙儿纷纷掏出"水枪"，随即依次报告："一号靶台射击准备完毕，二号靶台射击准备完毕……"报告完后，"指挥员"下令："开始射击！"大伙儿齐刷刷"开火"，尿液撒在菜叶子上或菜地上，一片"哗哗"声响。尿完后又逐一报告"射击完毕"，"指挥员"最后下达"退子弹，起立"，大伙儿纷纷"收枪"，然后嘻嘻哈哈地往寝室跑——因为再不快点，就要熄灯了。

第二次实弹射击时，已不像第一次那么紧张了。这次顺序调了个个儿，换成我们排最后一批打。到靶场时已近正午，阳光正烈，反光得厉害。瞄准时，准星缺口处散发出一圈晕光，心里不由"咯噔"一下："这下糟了！"结果，我打了4个9环，1个8环，总环数44，差1环就是优秀了。可惜一个10环也没打上，不禁有些懊恼。

这次实弹射击，我们班4个福建兵完胜4个江西兵。宋振国打了47环，我是班里第二名，第一次打47环的林培志这次竟成了班里倒数第一名，班长无话可说了。对了，二班的林联瑞竟被我言中，竟然也打了47环。我当即向孔班长炫耀："怎么样？二班长，我说对了吧？别看他动作笨，其实聪明着呢！"孔班长一高兴，附和道："福校说得对！"

十八

新兵连临近尾声，学习任务也多了起来，不是军事理论学习，就是政治理论学习。尤其是政治理论课上完后还要组织讨论发言，新兵们最烦这个。有一次，我们班夜里站了岗，第二天下午上课，个个打起了瞌睡。我坐在最前排，极力强撑着。讲课的是副指导员，他根本不管谁听谁没听、谁瞌睡谁不瞌睡，只管讲自己的。最后，我也没撑住。第二天组织讨论，没一个要发言。我说："夜里站岗，上课时都打瞌睡了，没听见说些啥！"大伙儿都说："就是！"班长说："谁打瞌睡了？我记本子上，他就不用发言了。"这下，大伙儿纷纷摇头。"你呢？"班长问我。他以为我也会跟着摇头，没想到我实话实说："我打瞌睡了。"他听了没再说其他，只是一个劲地激我发言。我被逼得没法了，第一个发了言。见讨论氛围不浓，我怂恿班长给我们再讲讲江西南昌支队围歼"二王"的事迹，这也是光荣传统教育的范畴嘛！班长架不住大家一起软磨硬泡，便绘声绘色地讲起来……

击毙"二王"的那位战士，后来被授予"二级战斗英雄"称号，保送到北京读军校；其他参与围剿的战士，也大多立了三等功；只有两个战士因为家在附近，偷着回家一趟，不但没立功，还挨了处分。班长说到这儿，大伙儿忍不住议起来，都说这位被授予"二级战斗英雄"称号的战士太幸运了；

但能抓住眼前转瞬即逝的机会,说明他平时训练基本功扎实,实战中反应迅速、处置果断,否则一慌张还指不定谁先被打倒呢。同时,大家也为两个挨处分的战士感到惋惜:部队纪律永远是第一位的,怎么能在执行如此重要的任务时私自回家呢?

说到处分,班长又道,将来下中队后,大家都要在监狱站岗,如果不注意也会挨处分或犯错误的,这方面例子很多。比如,监狱里的犯人大多走南闯北的,有能耐的不少,你一开口他就知道你是哪儿的口音,立马会凑上来套近乎:"班长,听口音,你是某某地方人吧?"如果你回答"是",他立即会说:"我也是那地方人,咱们是老乡啊!"甚至会说:"我家里某某人在县里担任某某职务,我出狱后,你退伍了,让他给你安排个好工作。"如果警惕性不高,很容易上钩。也有女犯人勾引战士的例子,所以在女犯人面前,更要做到意志坚定。

原来在监狱站岗也这么复杂!我想,自己下中队后一定会严守纪律规定,立场坚定,做到百毒不侵。

十九

这天,正上着课,省总队突然"袭击",来检查新兵连的情况。检查团让我们继续上课,他们先到各寝室检查内务,然后抽点了一排一班做队列。

我们班从饭堂被拉出来,既兴奋又紧张,既骄傲又担心。在准备活动的10分钟时间里,个个犹如临战前亢奋无比。班长让大家连续整理了3遍着装。正式操练时,班长也紧张得忘了下课目;但战友们个个精神抖擞,我控制节奏也有如神助，全班协同一致，第一次达到了完全的整齐划一。每一次立定靠腿之后，都有一排整齐的尘烟缓缓升起。自始至终，全班协同就如同一个人完成似的。检查团随队拍照的参谋拿着相机，"咔咔"地照个不停。

检查结束后，总队对新兵连的队列训练情况赞不绝口。他们建议把"勤学苦练"的红旗给我们班，把"军事优胜"的流动红旗给我们排，把"内务卫生"的流动红旗也给我们排。那几日，连队的干部以及我们排的班长们个个喜笑颜开，全排战士更是欢欣鼓舞，大家都觉得我们排为全连争得了荣誉、我们班为全连争得了荣誉。

不过，连部经过慎重考虑，觉得把这么多荣誉全给我们排对其他排打击太大，加之我们排在第二次实弹射击时没发挥好（抽走射击枪大约有一定影响），最后把"军事优胜"的红旗给了其他排。

眼看新兵连生活就要结束，大家都盼望着早日戴上领章和帽徽，早日走上新的岗位，甚至有些迫不及待。这天，我们正在组织讨论，文书跑过来，把我和二排的3个新兵叫到连部，说是参谋长找我们。会是什么事呢？我预感一定与分配有关。参谋长见我们到齐后，念了一段报纸内容让我们记，接着把我们记录的内容认真看了一遍，然后说："你们回去后，不要有什么想法，安心等待分配。分到哪儿都一样，都要认真对待革命工作！"

下午，排长问我："参谋长考过你没？"我愣了一下说："考了！"排长说："那就好！你分在宜春，大概在司令部通讯班。不久后，还会送你去总队学习呢！"听到这个消息，一时不知是喜是忧。

　　我问孔班长："分到通讯班是好事还是坏事？"孔班长说："这工作，说好也好；说不好，工作性质比较敏感，容易犯错。"但其他班长都说好，皆说我撞大运了。其实，我内心更喜欢下中队，这样可以把我原本相对瘦弱的身体练得壮实些。

　　直属中队近在咫尺，近水楼台，早就在瞄人。他们掂量掂量这个、掂量掂量那个，弄得整个新兵连都猜到选谁了。

　　政治理论和军事理论考核完后，个人的综合成绩即将出炉。我听说自己政治理论100分、军事理论98分，训练科目除了射击成绩之外，其余的还不太清楚。据说，评选"优秀新战士"是以成绩为主的。

　　终于盼来了领章和帽徽，大家赶忙戴上。晚饭排队时，全都焕然一新——红红的领章衬托之下，个个脸上红扑扑的，与原来相比，更显帅气。

　　晚上，新兵们集体外出，到事先联系好的国营国光照相馆照相。几个排同时进去，差点把照相馆给挤爆了。

　　次日上午，全连列队行进到支队水泥球场，召开军人宣誓大会。首长致辞后，开始宣誓。领誓的是二排的新兵刘学庆，他的脸红扑扑的，像打了一层胭脂，帅气极了。全体新兵齐刷刷举起右拳，跟着宣誓："我是中华人民共和国公民……"那一刻，新兵们心无杂念，一种庄严的、神圣的、崇高的使命感涌上心头。

　　之后全连合影，接着各排也合了影。之前班长们常常责备我们训练不刻苦，还说下中队后会被老兵们笑话。这时，班长们纷纷说出实话，说我们这批兵队列比老兵强多了。

　　已经明确下中队的时间是12月11日。这天已经是9日了，排里除我之外，大家都不知道自己分在哪儿。班长们都想选几个精明能干的新兵带回本中队，这是他们来带新兵之前中队领导再三嘱咐的。可今年分配新兵，据说新兵连连长都不能参与，全由司令部指定。

有几个战士请假，上街买了礼物，准备送给班排长。我忙着写信，看见别人买回礼物，方才回过神来，觉得自己也应该有所准备，于是利用晚上时间请假出去。真不凑巧，百货店都关了门，开着的只剩食品店，转了一大圈，啥也没买着。我只好安慰自己说："幸好自己分在宜春，有机会送礼物的。"

总结大会安排在 10 日下午，会上将表彰 15 名"优秀新战士"。据说今年的"优秀新战士"主要依照队列、理论、射击三项成绩来综合评定，同时兼顾平时表现和内务卫生等。估计只要前三项优秀，概率就比较高。宋振国第二次射击成绩是 47 环，我觉得他有希望。

午饭前，排长来报喜，说"优秀新战士"名单知道了，是三班一个某某某、二班两个某某某和某某某。我抢先问道："我们班是宋振国吧？"排长笑盈盈地看了我一眼，说："一班是你王福校！"我张着嘴好一会儿没合上，怎么也不敢相信。福建兵可不管这么多，一下围上来起哄。

午饭时，我激动得吃不下饭了。

总结大会上，我们排拿的红旗最多，我们班又是全连红旗最多的班。指导员总结完后，先给"优秀教练员"颁奖，梅达忠班长、孔福海班长都在其中。接着，给"优秀新战士"颁奖。新兵又是我第一个上场。接过奖状、奖品（一件印有"优秀新战士"的蓝色背心），我学着班、排长们的样儿向颁奖人敬礼，又转向众人敬礼，兴奋得小心脏"咚咚"地跳个不停。

二十

晚上，各排召开茶话会。我们排每人出1.5元，买了苹果、花生、瓜子、糖、烟。大家坐在小凳子上，围成一个大圈。排长讲话后，连长也来了，说了些祝大家一路平安、工作顺利之类的话。班长梅达忠见连长讲完了，突然喊了句："王福校，唱支歌！"全排一起跟着鼓掌起哄。当着连排长的面，又是分别前的最后一夜，我觉得着实不能再推辞了，于是唱了一首电影《虾球传》的主题曲《游子吟》。第一段刚唱完，连长喊了声"好"，带头鼓起掌来。如果不是负责新兵连训练的支队参谋走进来，大概还要让我往下唱。干部们被参谋叫走了之后，大家又吃又闹，弄了一地的果皮、瓜子壳。熄灯时间到了，大家恋恋不舍地去洗漱，上床睡觉。

这是新兵连的最后一个夜晚。明天一早，大家就要打好背包，备好行囊，各奔东西。然而，直到现在，大家都不清楚自己将被分配到哪儿，班长也不知晓哪个新兵会跟自己走。大家各怀心思，又有谁睡得着呢？平日里的秩序这刻全乱了！最后，大家纷纷坐起来，看着大门方向，仿佛消息马上会传过来似的。

果然，一会儿指导员来了，大家一齐问这问那，却什么也问不出来。参谋长也来了，同样没说出个所以然，只是叫我们早点休息，明天还要坐车下中队。大家好生失望。

我睡不着，让孔班长讲故事。孔班长讲了一个笑话，两人捂着肚子笑了好久……

第二天起床后，大家纷纷打好背包、备好行装，像往常一样把卫生彻底打扫了一遍。早饭后，大家齐刷刷地在连部楼前集结，等待参谋长宣布结果。

　　参谋长最先宣布留在支部机关的是我和二排梅赤峰两人。梅赤峰的父亲是福州空军驻某机械厂办事处军代表，副团级，前些日子专程到新兵连一趟，参谋长还亲自接待了他。梅赤峰分配在机关是在大家预料之中的。接着宣布了4名到直属中队的，他们是乐璟琪、刘学庆、林培志、徐郁文。我和梅赤峰被告知暂时放在直属中队。于是，我们6人一行径直上了楼，见了中队指导员。请示之后，我们下楼来跟战友们道别。

　　楼下的场景完全出乎我的预料！只见好多战友互相拥抱着，哭成一团。没等我反应过来，有人上来拉着我的手，一边流泪一边说："福校，我要走了，你以后来某某中队看我呀！"另一个人又上来拉着我，和我拥抱，哭着说："再见了，有机会去看我！"

　　猛然间，鼻子一阵发酸，泪水像开了闸一般"扑啦啦"滚落了下来。每一次握手，每一个拥抱，泪水都滚落一次。由于冬天气候异常干燥，泪水滴到衣服上迅速散开，形成一个湿湿的圆圈。落多了以后，每个人胸前都湿漉漉的一片，模样儿十分古怪。我不由自主地低头一看，发现自己的前胸竟然湿了一大片，比任何人湿得都多。幸好卡车就等在边上，一分完兵，干部、班长们纷纷带着自己的兵上了车，不一会儿就走得空空荡荡的了。

　　先前听班长们说，新兵下连队时如何如何难舍难分。我当时不以为然，因为离开家乡的时候也没怎么哭。想不到新兵连的分别，战友们竟会哭得如此酣畅淋漓！

　　回到宿舍我才回过神来，自己全然不知老乡和战友们分配到哪儿了。隐约记得有些拉着我的手跟我说过，可当时光顾着哭了，一个也没记住。

新兵连结束时作者留影▶

▲大田县桃源公社欢送入伍青年并合影

▲新兵连一排一班合影

▲新兵连一排合影

| 公安处 |

·

懵懂的梦想和忧伤

·
·

一

到直属中队的当天下午，配发了军大衣、垫被和一条花纹被。这花纹被与普通百姓家的被子没什么两样。我有些纳闷，一问方知是天气太冷，这被子是中队特别为战士定制的（武警部队成立之前）。让我想不到的是，花纹被也要叠成"四方块"，甚至连军大衣也必须叠成与军被同样大小的方块，放在军被上，同样必须有棱有角。

头两天，恰逢周末，除了写家信，都忙着练习叠大衣、花被。第三天开始训练，训练内容是和老兵一起复习队列，训练地点在附近酱油厂操场。这酱油厂占地不大，设备也十分简陋，几座砖砌的厂房，厂房内有许多灶台，灶台上都是大口径的铁锅。大约效益不佳，厂里只剩下几个留守人员。厂子里四处都整齐摆放着口径一致的大缸，许多缸上盖着用竹篾、竹叶编成的如同大斗笠般的盖子。训练间隙，我偷着掀开盖子，见缸里全是豆酱一样的东西，不觉发出疑问："为什么酱油厂会有豆酱呢？"一旁的老兵说："傻呀，酱油就是黄豆酿出来的！榨完酱油的豆子，就做成豆酱。"

平日里，豆酱的咸味吸引了无数的苍蝇，它们"嗡嗡"地在大缸四周上下翻飞。其中有几只大号的绿头苍蝇，巨无霸般地横冲直撞。只要天气好，水泥操场必定晒满酱豆。这时，苍蝇们便密密麻麻地落到酱豆上。我们在仅剩的一点地盘上练习队列，队列从东到西，苍蝇们"轰"地起飞一次；从西到东，再次"轰"地起飞一次。它们完全失去平日"嗡嗡"的状态，如同炸弹落下后，将地面上的东西骤然爆向空中，之后又缓缓落下。我们一遍遍练习，它们也一次次起飞、落下。与此同时，浓浓的酱豆味。不断刺激大伙儿的味蕾，却又让人恶心不已，以至于开饭时没有一点食欲。

我不明白班长为什么会选择这么个地方训练，或许只是近、人少的缘故；但这地方却集中了方圆几公里内的所有苍蝇，难道班长和老兵们对苍蝇们的一次次"轰炸"视而不见？

不知什么原因，直属中队被分成两处，一处在这里，另一处在支队大院内。因为担负着支队机关的警卫执勤等任务，所以能参加训练的人员很少，最多也就十来人。人多的时候，老兵新兵分开训练，老兵们没练几下就休息，歪坐在缸沿上看新兵训练；人少的时候，老兵新兵合练，但新兵老兵总踩不到一个节拍上，怎么也走不齐。

早晨出操，值班班长带队刚跑了几百米就折回，这让我有些不适。回来练习单双杠，老兵们做单双杠二练习，新兵们只做单双杠引体向上。单杠我还能做几下，双杠一下都不行。其他新兵在这方面明显比我有优势。当我因自己的落后而自责时，大伙儿却认为，反正我将来在机关通讯班，会不会没什么关系。

在新兵们的心中，最重要的事莫过于什么时候学擒敌拳，不少新兵就是奔着这个才入伍的。问班长，班长说："早着呢！学擒敌拳之前，要先练基本功。基本功不过关，别想学擒敌拳。"还说："练基本功必须像电影《少林寺》中的武僧那样有板有眼、稳扎稳打。没有扎实的基本功，学了也是白学。"

几天后，队里给我们每人配发了一支五六式步枪、50发子弹。子弹由自己保管，枪支统一放在枪柜里锁着。要记牢自己的枪号和放置的顺序，以便有紧急任务时能迅速准确地领取自己的枪支。

枪配发下来后，班长用半天时间教我们武器分解结合。第一步是验枪。班长说，任何时候、任何原因都不能少了这个步骤。通过验枪，可以检查枪支中是否还有子弹，规避不必要的危险。然后，取出附品及通条，依次卸下机匣盖及复进机、枪机及枪机框、活塞及活塞筒，最后卸下推杆及弹簧。分解时，一定要按顺序摆放好卸下的部件；结合时，按相反顺序依次装上。我们每人都练习了几遍之后，班长找来一块手表给大家计时，说分解加结合总时间在 1 分 10 秒之内方算优秀。班长离开后，我们轮流计时，其余分解结合，看谁做得又快又好。因为天气冷，手冻得有些麻木，稍不注意手就会弄破皮。新兵们个个都添了伤口，我也伤了两三处。

原本期盼能在直属中队学会一些基本功动作，没想到刚开始练习蹲马步，便接到通知，让我和梅赤峰到机关的直属排报到。

二

武警支队的大院坐落在宜春市北部，从宜春师专大门口斜对面上坡走大约 200 米就到了。这里原是独立营的所在地，支队就是在独立营的基础上合并了公安中队组建起来的。由于武装警察部队刚刚成立，支队大院基本上还保留原独立营的风貌，设施十分简陋，两座二层的青砖灰瓦办公楼，三座一层排房，连大院内的道路也是沙土路。令人眼前一亮的是院内的那口大池塘，四周全是郁郁葱葱的柳树，把大院装点得生机盎然。

支队的大门在大院西北方向，而直属排则在大院的最东边。直属排宿舍后面的围墙外有一小高地，是原独立营的战术场。小高地南侧还有一座排房和一座旱厕，排房是机关几户带家室干部的住处。

我和梅赤峰报到后，就住在直属排的宿舍里，一个班一个房间。正好有老兵退伍后空出的铺位，我和梅赤峰便一左一右安顿了下来。我发现，这里的战士没有配备花被。

大概老兵们都知道我俩是机关兵，暂住在这儿，所以对我俩客客气气，但也不大理睬。平常训练大多在机关球场上，因时常有机关干部路过，也不敢太马虎。训练时，通常只有两个班，有时两个班一块练；有时一个班练一个班休息，互相观摩，做得不到位相互指出来，效果倒也不错。

练拳术时，我和梅赤峰便靠边站，在一旁看他们练。老兵们成拳术队形散开的动作，就如同观看一场艺术表演，有大幕徐徐拉开的感觉。当指挥员下达"擒敌拳，预备"，所有战士双拳紧握，提于两胯旁，两脚尖并拢，同时向左摆头，个个像突然打了鸡血一般，每一次出拳时，都伴随着一声大吼"嗨"，威风极了，我与梅赤峰只有羡慕的份儿。那一刻，我暗暗下决心，一定要学会擒敌拳。

部队有句老话叫"新兵信多，老兵病多"。空闲下来，我便忙着写信，除了给家里、同学、朋友写，现在还给战友写。原来同班的宋振国分配到安义县（安义县原来属宜春管辖，分兵时已划入南昌管辖，一年后成立新余市，分宜县也从宜春划出），三班的张兆城、二排的余依平分配在市中队，二班的林联瑞、二排的连祖翁分配在分宜县，有几个一时还不知道分配在哪儿。

闲暇时，就我和梅赤峰两人待在一块儿，心底不免有些空落落的，特别怀念新兵连在沙滩上嬉戏打闹的场景。同时，心中不免失落：同一个新兵连的战友，原本我的军事素质还算不错的，现在大家都在中队练本事，我却在这儿三天打鱼两天晒网，很快会被他们落下了。这会儿，他们大概已经在监狱里站岗了，都成了庄严威武的哨兵，真羡慕他们！

来部队前，哥哥说过，要在部队混出人样，诀窍是"少说多做"。所以每天起床后，我尽快叠好被子，早操后主动打扫房间和走廊。虽然直属中队只是我们暂住的地方。

那时候，最奢望的事就是洗个热水澡。每日晚饭后，老兵们会轮着把锅刷干净，装满水。水在封了灶后还能继续加热，节省点儿，一次够洗两三个人。我和梅赤峰哪敢跟老兵争？我琢磨着干脆洗个冷水澡，几次动员梅赤峰，都被一口回绝。他还说："大冬天洗冷水澡，还不被老兵说成精神病！"被梅赤峰这么一说，我便开始求老兵带我俩一块儿洗。终于，有位老兵答应了。这天傍晚，三人来到洗漱间，打开水龙头试水时，我有些犹豫了。但这位老兵已经脱掉了衣服，露出发达的肌肉。只见他一边冲水一边"嗷嗷"地叫着。梅赤峰见状，端着脸盆回去了。我不敢退缩，跟着脱了衣服，打开水龙头。当水从头顶上冲下来的一瞬间，整个人完全懵了，头皮竟被冻得发疼、发麻。那种感觉和当兵前在河里冬泳的感觉完全不同。我洗完头后，老兵已洗毕并开始擦身。我随即失去了洗下去的勇气，急忙关了水龙头，擦干身上的水，以最快的速度穿上衣服回到宿舍。接下来，连续打了一个小时的哆嗦。第二天，还是感冒了，一起洗澡的老兵却没事。

三

元旦刚过，就通知我和梅赤峰到司令部开会。虽然早知道自己是分配在机关通讯班，但去的时候内心依然忐忑不安，毕竟"司令部"三个字让人无比敬畏。

来到司令部门口，我俩齐声喊"报告"，得到准许后推门而入，此时已有两位老兵先于我们坐在那儿。林参谋给我们介绍道："吴明华，福建建阳人，82年兵，通讯班副班长，以后你们几个由他负责；蔡裕忠，安徽人，83年兵……"吴明华副班长个子不高，1.63米左右，但长得相当帅气，一双大眼睛炯炯有神。蔡裕忠中等身材，看面相十分憨厚老实。

林参谋说，应地区公安处要求，支队决定选派我们4人到公安处总机上班，吃住也都在那儿。因为是外派执行任务，要求比较高。尤其是公安处这样严肃的执法机关，一定要坚决服从领导，工作积极主动，除了遵守公安处通讯科的各项规章制度、尊敬领导团结同志外，还必须严守部队纪律，绝不能做有损部队形象的事。林参谋叮嘱吴明华要严加管理，司令部将不定时抽查执行纪律的情况，如有不佳表现，随时撤换。上岗之前，地区公安学校恰好有一个通讯业务培训，我们4人正好一同参加……要认真听课，做好笔记，为今后的工作打好基础……

培训班为期两周，我们4人住一间宿舍。新兵本来东西就不多，报到时把个人家当全都背了过去。

当天夜里，气温骤降。我们按部队作息时间上床，把绒衣、大衣以及身上脱下的衣裤一层层盖在军被上。半夜里，我猛地一下从床上翻到地板上，一屋子的人都惊醒了。吴明华打开灯，大家一齐从被窝中探出头来问我怎么回事、受伤没有。我还沉浸在梦里，自己也不知道怎么回事，迷迷糊糊从地上爬起来，也不觉得哪儿疼，连声说道"没事！没事"，接着匆忙把被子、衣服、大衣一层一层铺好，重新钻进被窝。

天快亮时，我们都被冻醒了。蔡裕忠说："外面下雪了。"大家都不信。蔡裕忠坚持说："真下了，只是不知道下多厚。"我立刻来了兴致，说："咱们起来看看吧！"他们都说太冷了，过一会儿再起。

我等不及了，立刻起来穿好衣服，一溜烟跑到楼下。

天哪！真下雪了，有五六厘米那么厚呢！整个院子仿佛裹了一层白色的衣裳，整个世界被雪映衬得亮堂堂的，白天似的。我兴奋地跑回宿舍，告诉他们："真下雪了，厚厚的一层呢！都快起来，咱们堆雪人去！"说完又跑回院子，开始用手堆雪。一会儿，吴明华、梅赤峰也下来了。我们仨一块儿堆，忙活了好一阵儿，终于堆了个小雪人，有模有样的。我跑回宿舍拿了张纸，写上"你好，你早"4个大字，然后固定在一根小木棍上，再将木棍插在雪人手上。直到这时，蔡裕忠才慢悠悠地下来，看了一眼后淡淡地说："你们也不嫌冷！"

也难怪蔡裕忠兴奋不起来，毕竟福建、江西下雪少，比不上安徽。

回到宿舍后，4个人兴奋地猜想：待会儿都起床了，大伙儿看到雪人会有什么样的表情呢？

吹哨集合了，我们几个故意落在后面，想看看前面其他人的反应。因为是通讯培训，女学员居多。看到一院子的雪，大家忍不住发出阵阵惊叹。很快，有人发现了雪人，几个女学员立即围了上去——有的说雪人真好看；有的说是谁这么早堆的雪人，还向大家问好，真暖心！我们在后面你看我看你，谁也不说话，暗自窃笑。

这时，一男学员说："这雪人堆得太小儿科了，一看就知道没有经验！如果我堆的话，随便也比这大几倍！"我们听了，暗想："你就吹牛吧。"

没想到吃过早饭后，那个"吹牛大王"在大伙儿的鼓动下，果真堆起雪人来。只见他先在地上把部分雪拢成一个小雪球，然后滚动雪球，雪球只滚了十几米就变成一个巨大的圆球，他又滚了一个小点的雪球放在大雪球之上，一个雪人的雏形就出来了，看得我们目瞪口呆。不过他滚的这雪球相对较蓬松，而且上面还夹杂着许多操场的煤渣，样子不太好看。随后，大家一拥而上一齐上前帮着装点，露出煤渣的地方都抓把雪糊上。前后不到 10 分钟，一个有模有样的雪人完成了。回头再看看我们堆的雪人，又小又矮，可怜兮兮！从此我们缄口不提雪人的事，生怕别人知道小雪人是我们的杰作。

培训班整整上了 12 天的课，中间周末也没休息。除了请邮电局的专家来上过两堂课外，其余课程都由公安处通讯科的同志承担。专业课上得最多的是一位姓熊的女同志，年纪看起来不是很大，说话特别和蔼，大家管她叫熊老师。

培训内容由浅入深。刚开始还好，基本能听懂。上着上着，画风变了，尽是些二极管、晶体管、线路图之类的，做笔记、画线路图都有些来不及，听课便跟不上了。后半程，熊老师经常在课堂和基层公安局的同志交流实际工作中遇到的一些具体问题。我们 4 人常常是"鸭子听雷公"——根本不知所以然。

四

培训结束后，原本要直接到公安处上班的，因为住宿地点尚未腾出来，让我们暂回支队几天。没想到一拖就是十来天。

到公安学校近半个月，以为会有不少来信等着我，结果就两封，好生失望。值得欣喜的是，其中一封是家里寄来的。信中说，母亲和两个弟弟都享受了离休干部遗属待遇，每人每月 17 元抚恤金，加上哥哥、姐姐都已工作，基本生活保障没有问题，我心中压着的石头也算落了地。家搬到安溪后，离哥哥远了，却离姐姐近了，她可以时常回家看望母亲。此时此刻，真想回去看看新家的模样。

这段日子较空闲，常常以写信打发时间。我写信时，梅赤峰也写。我写得快，还不打草稿，常常我写两封，他才写一封。近来我俩无论干什么都一块儿，交流也渐渐多了，互相有了更深的了解。

梅赤峰身高大约 1.75 米，骨骼粗大，十分健壮，大方脸，脸上却有不少"骚痘"，俗称"青春美丽痘"。

先前已经知道梅赤峰的父亲是福州空军驻某机械厂的军代表，而且还是副团级别。他只有一个哥哥，没有姐妹。父亲平时对兄弟俩要求极严。梅赤峰的哥哥原本读书还不错，父亲对他期望较高，不想竟落榜了，比梅赤峰早一年当兵，去了广西。梅赤峰把哥哥的照片给我看，说哥哥在部队表现较好，已经当上副班长了。他父亲每回写信，都要求他向哥哥学习，多向哥哥请教，兄弟俩相互学习、相互促进，争取都考上军校。

我告诉梅赤峰，母亲和大哥也要求我好好干，争取考军校。可考军校哪有那么简单！大哥自己当过兵，而且读书时功底较好，却没被推荐考军校，对连队干部意见很大。他退伍后曾告诫弟弟们，以后谁也不要去当兵了，部队没意思，干部尽拉关系、照顾老乡。不过，我当兵时他不但没反对，而且还出了不少力。他明知道我高中没念完，基础又差，却要求我考军校，还不断加压。话说回来，父亲不在了，长兄为父，心情可以理解。

不过，我觉得梅赤峰还是有希望的，他不但念完了高中，还参加过高考，读的还是市里的中学，教学质量肯定比我所在的乡下中学强，努力努力应该没问题。我问他高考离分数线差多少，他不肯说。后来听他的同乡说，他学习成绩不是很好，觉得高考无望，最后一年改练体育，结果体育也没考上。

闲来无事，我央求直属中队一位平日里关系较好的副班长，让他教我俩擒敌拳。班长说我俩没练基本功，学了也白学；要学拳，一定得从基本功练起。可我俩很快要去公安处了，根本没时间。我软磨硬泡求他无论如何把20动擒敌拳教给我俩。他被缠得没法，答应了。

约好每晚8点左右在球场见面，每天学5动。第一天晚上，副班长教了5动后便离开了，我和梅赤峰继续待在那儿，练熟后方才回去休息。第二天白天有空就练习，生怕忘了。夜里副班长又教了5动。练会后，副班长要求我们从第1动打到第10动。我费了半天劲，总算"依葫芦画瓢"比划下来了，可梅赤峰却怎么也比划不下来。副班长要求梅赤峰白天多找我交流交流。看得出，梅赤峰也很想学会擒敌拳，见我掌握得比他快，心里也着急，表面却装出一副毫不在意的样子。最后一个夜晚，按计划我们要掌握全部 20 动，我勉强做到了。梅赤峰连 1 到 10 动还没弄明白。副班长摇摇头说："以后自己慢慢体会吧！你们没基础，动作不规范，千万别说是我教的啊！"

我对副班长千恩万谢，说今后一定勤加练习，有机会再练练基本功，打牢基础。

五

腊月二十三，支队司令部林参谋带着我们到公安处秘书科报到。秘书科科长与林参谋分别给我们提了要求之后，便让通讯科来人接我们。

公安处几乎所有的办公人员都在一幢崭新的五层大楼里上班，唯独通讯科留在大楼后面的一栋独立的旧二层小楼里。据说通讯科刚刚从秘书科剥离出来，通讯科李林科长是原秘书科的副科长，现在暂代科长之职。

李科长介绍了科里的情况，又重申了保密原则，之后便吩咐小徐带我们到住处，让我们先安顿下来，次日正式上班。

我们的住处在公安处大门口左侧的一个二层小楼，临街，一层是车库，二层房间堆放了不少淘汰的旧办公物品。原本要安排我们住在通讯科最里头那间大房间的，可里面堆放的东西一时无法清理，就让我们在此暂住一段时间。

来到住处，见里面有 4 张床、4 张桌子、4 张凳子，一看就知道是刚清空房间后搬进来的。这里虽然已简单打扫过，却还满是灰尘。

4人一合计，决定好好清洗一番。于是，去通讯科借了扫帚、水桶、抹布，又把各自的脸盆都拿出来，到楼下水龙头接水，先洗地板，接着擦拭门窗、床和桌椅。晚饭后，才开始铺床整理物品；还到科里找了根铁线拉了起来，把毛巾整整齐齐挂上，脸盆、牙缸按部队要求有序摆放。晚上，轮流在科里炉子上烧水，洗了澡，忙乎了一天，熄灯时间到了，关灯就寝。

次日，我们早早在科里等候。李科长先让我们一起学习文明用语，无非是"您好""请问您要去哪儿""好的""谢谢""不客气""占线，请稍等"等等。之后分成两组，我和吴明华一组，跟小金阿姨；蔡裕忠和梅赤峰一组，跟郑大姐。夜晚熄灯后，几乎没什么电话，只留一人值夜班。

其实，这台总机满负荷也就100门，此时只安装了40多门，不到半天工夫，我们就可以轻松应对了。2天后，我们便让小金阿姨和郑大姐去忙她们的事，开始独立值班了。

春节临近，科里忙着打扫卫生，我们只留一人守总机，其他3人帮科里干活。小金阿姨和郑大姐代表科里给我们买来了小铝锅、切菜板以及做饭的各种用具，又不知从哪儿弄了个电炉来，说是年三十和初一要我们自己解决吃饭问题。她们还从食堂拿来了1瓶油、10斤米、几斤面条、2块腊肉和2颗大白菜。我和吴明华又上街买了盐、味精和酱油等，一切准备就绪，等着过年了。

年三十晚，支队加餐。为了不耽误工作，我们只能轮换着去。李科长知道后，坚持要求由他来值班，让我们4人一块去。我们拗不过他，只得同意。

我和吴明华提前出发步行前往支队，把科里唯一的一辆自行车留给值班的蔡裕忠和梅赤峰，这样可以让李科长晚些来接替他们。我和吴明华用完餐后，立马接过他俩的自行车回来换李科长，让李科长尽量早点回家和家人过年。

除夕夜，10点过后几乎没了电话，我让吴明华回宿舍休息，独自留下值夜班。我把大门关好，坐在总机前，听着外面此起彼伏的鞭炮声，心里忽然空落落的，不禁问自己："今天是过年吗？怎么没有丝毫感觉呢？"在家时，过年总是热热闹闹的，可这会儿冷冷清清，毫无半点过年的气氛，如果不是外面不时传来鞭炮声，还真一点儿也感觉不到在过年。

我在支队加餐时，听边上的人说："大过年的，轮到站岗的战士最倒霉了！"可立马有人反驳说："大过年站岗才是最光荣的！因为他可以骄傲地告诉家人和朋友，自己在为祖国和人民站岗。尤其是零点前后的这一班岗最有意义，真正是在哨位上过的年！"

想到这儿，我不禁羡慕起在哨位上的那些战士，那些在寒风中、在雪地里、在边疆哨所里的战士，他们才是最光荣的！而我却在总机室里裹着大衣，风吹不着、雨淋不着，和他们比，我又算得了什么呢？

此时此刻，除了我之外，家人该团聚了吧？母亲大概又在炸各种丸子，哥哥、姐姐、弟弟们大概在一边看着电视一边忙着准备年夜饺子吧？母亲会想我吗？兄弟姐妹们会想我吗？好想他们呀！可政治教员不是说了："牺牲我一个，幸福千万家！"当兵就应当有这样的觉悟。战士为祖国站岗放哨，守总机也是为祖国坚守岗位！

想到这儿，心里不由热乎乎的。

六

通讯科全员共有7人。

科长李林是个高大健壮的汉子。不知道的，还以为他是当过兵的北方人。可他偏偏是个知识分子，当过知青，上过大学。专业知识最强的熊大姐（培训时称熊老师），永远都是一副和蔼可亲的样子。她有两个儿子，大的上一年级，小的还在幼儿园。小金阿姨和郑大姐两人虽文化程度不高，但为人十分豪爽。尤其是郑大姐，北方人，说话掷地有声，豪气满满。据说郑大姐的父亲曾经是吉安地区军分区司令员，而她公公也曾是宜春军分区副司令员。小金阿姨有3个孩子，前两个是女孩，最小的是男孩，家就住在公安处大院内。小王和小叶个头都不高而且偏瘦，他俩跟我们交流比较少，对他俩的情况了解不多。徐韩辉已经28岁了，还没有女朋友，当时属于大龄青年了。他最喜欢买磁带、唱歌，尤其喜欢张明敏在春晚演唱的《我的中国心》，成天一遍遍唱一遍遍录，录好了就放给我们听。由于他录时未关闭原唱，我们左听右听都觉得仍是原唱的声音，却又不好说破，只能说："唱得好，真好！""跟原唱一样好！"

上午一上班，头一件事是打扫卫生。办公室里生着炉子，打扫卫生之前，必须先捅炉子、加煤块。如果不注意，昨晚炉子没封好，灭了，还得重新生炉子，那样灰尘就更大了。加完煤块把水壶注满水坐上，一边烧着。然后才扫地，擦桌椅、仪器等，最后才是拖地板。

我们来后，总机房由值夜班人员打扫，捅炉子、拖地的事基本由我们几个承包了，擦桌椅通常由3个女同志承包。传真机房门上贴着"机房重地，闲人免入"的字样，我们从不轻易踏入，除非叫帮忙。所以，传真机房的地板多数由通讯科的男同志拖，仪器仍由女同志擦拭。

总机房和传真机房地板都漆了枣红色的油漆，拖起来十分方便。

传真机房的那台高档三用机，据说是日本原装进口的，价值3000多元，主要用于电话会议录音。平时基本是徐韩辉的个人专属。科长不在时，他就开始捣鼓那几盘磁带，不是在传真机房唱，就是在办公室唱。

总机上接转娴熟之后，我们便不再安排一班两个人，而是每一班设正班和副班。副班主要是为正班上厕所和临时有事时而设的，因此副班不能走远，最多也就在宿舍看看书或洗洗衣服什么的。我们在宿舍牵了一部临时电话，十分方便。当然了，不管是公安处还是支队的总机，都是内部电话，不能与地方电话相连。

由于值班安排是新老搭配，我和梅赤峰从不值一个班，也就很少有机会一起上街了。

那些日子，我不得不经常一个人单独行动。比如，我喜欢早晨去跑步，可他们怕冷，不愿起来。又比如，我写信多，常常要去寄信，再顺便到新华书店买书，可他们没有这方面兴趣。

起初，我每日晨跑，回来后就在楼下练习擒敌拳。下雪的早晨，大家上班时都能看见我在雪地上留下打过拳术套路的痕迹。时间一久，我也懒得跑了，但还坚持抽空练习练习擒敌拳，生怕遗忘。梅赤峰学的时候就没学明白，被我拉着练了几回，一直没什么进展，渐渐失去了兴趣，再不见他比划了。

梅赤峰性格比我静，用现在的说法属于闷骚型。不久，我发现不论什么事他都要跟我比上一比，似乎暗地里在跟我较劲。我干活比较勤快，通讯科女同志常常表扬我。慢慢地，他也开始抢着干。我平时准备了阳春面，不想吃干饭的时候，下碗面条对付。没几天，他也"如法炮制"。

当兵前，我向母亲保证过，每年春节都给外祖母寄 20 元钱（因为哥哥当兵时每年春节也给外祖母寄 20 元）。由于平时写信多，用的信封、信纸、邮费多，加之新兵喜欢照相，所以生活细节方面就得处处节省。我发现用洗衣粉洗衣服更经济，还能节省时间，就改用洗衣粉。梅赤峰发现后，也依葫芦画瓢。我平日刷牙时牙膏尽量少挤，一条小的中华牙膏一般用 1 个月。后来发现大的一条可用 3 个月，价格却只多 1 倍，于是我就改用大的。梅赤峰很快也跟着换了过来。如果我说一条牙膏用了 3 个月零 5 天，而一包洗衣粉用了两个月，他下回一定想尽一切办法超过我的天数。我说这个月节约了多少饭菜票，下个月他一定想办法超过我。

其实，梅赤峰又不用给外祖母寄钱，完全没必要跟我比节约。

七

这天，小金阿姨在办公室里嚷嚷："植树节义务劳动，个人要自备工具，我去哪儿找工具啊？亲戚中没一个当农民的，这不是为难我吗？"

　　科里其他同志也纷纷附和，都说："没有工具，咋办？"

　　吴明华听了，出主意说："你们干吗不找支队借呢？支队虽然没有锄头，但镐头和铁锹有的是。让公安处领导跟支队首长吱一声，还怕没有工具？"

　　植树活动是市里统一安排的。公安处具体由秘书科负责组织。通讯科刚从秘书科剥离出来，大家都觉得有责任出谋划策，于是一致推荐李科长去提建议。

　　后来，经公安处与支队协商，不但借了工具，而且还要派直属中队的战士帮助植树。得知消息后，大家都十分高兴，有了战士和工具，植树任务完成起来就容易了。

　　植树节当天，整个公安处除了值班人员以外，全体出动参与义务植树活动。秘书科专门派卡车去拉直属中队的战士。驾驶员不知直属中队具体方位，问科长，科长嫌啰嗦，让驾驶员把车钥匙交给他，亲自去拉。

　　这天正好我当班。他们出发前，我在机上忙乎了好一阵，不一会儿便悄无声息了。原以为这种情况要持续一上午，然而不到一个小时，电话突然多了起来，几乎都是公安处打给支队或者支队打给公安处的。我意识到参加植树的战士出了什么意外……

　　没多久，整个公安处像炸开了锅。通讯科的同志陆续回来后，这才了解到，载战士的卡车路上出了车祸，3名战士已被送往市医院抢救。

　　原来，支队安排参加植树的战士较多，需要分两趟拉。秘书科科长着急赶路，交会车时也不减速。不曾想，路边的一棵歪脖子树把3名战士直接"打"到了车下。

　　公安处的植树任务后来是否完成不得而知，大家关心的焦点早已转移到战士的生死上了。到了晚上，确切的消息传来，死了两名，另一名被转至南昌省立第一医院。

接下来，支队、中队都在忙着处理后事。秘书科科长被关了起来，听说他刚刚学会开车，还没领驾照呢！

3天后，支队召开追悼会，通知公安处这边没当班的也要参加。追悼会现场，两位战士的家属泣不成声，大家也跟着掉泪。真希望他们能早日从悲痛中走出来！毕竟人死不能复生，日子还要继续。

后来，科长仅被判了3年有期徒刑，而两个青春鲜活的生命却再也回不来了。因为死在一次普通的执行任务中，两名战士最后被认定为"因公牺牲"。家属一再要求追认烈士，终未能如愿。

这件事，给中队不少战士的心里留下了阴影。有几个战士几天吃不下饭，因为一看见饭菜就想起那一地的脑浆和鲜血……

八

工作渐渐步入正轨，时间也充裕了许多。于是，我每星期都会发出好几封信，基本上形成了我连写两封，对方回一封的状态；而且每封信我都写3到4页纸，对方回信通常只有1到2页纸。老家的、家里的无话可说，可同学、战友的信也如此。我总觉得有说不完的话，每封信都意犹未尽。可他们似乎无话可说，每回都应付了事。

有一次，我写给周福明同学的信被班主任朱老师看见了，他让周福明在晚自习读报时间把信念给同学们听。信中提到，我十分想念老师和同学，从前在一起时不懂珍惜，如今再也没有机会一起念书了；希望同学们学会珍惜，努力学习，都能考上中专、大学……不少同学感动地掉下泪来。

同学中，我与周福明通信最为频繁，每次聊的东西也多，可他每次回信都要问部队到底是个什么样子。回想一下，好像也确实没有详细说过。但这事不是三言两语可以说清楚的。这阵子比较清闲，于是就有了认认真真把新兵连的经历详细写下来的想法。由于工程量较大，犹犹豫豫下不了决心。这天给周福明回信时，为了逼迫自己，干脆提前告知下一封信会把新兵连的详细情况记录下来寄给他。这样一来，不得不开始动笔了。于是，每日工作之余写 6 至 7 页，从离开大田写起，一直写到新兵连结束，耗时 10 天，共写了 66 页。

完工后，觉得这封信挺有意义，应该留下给自己作纪念；加之有不少错漏之处没改过来，于是决定重抄一份。边抄边改，又添了些内容，抄完后一数，72 页。66 页的底稿就这样留了下来，寄信时单单邮费就花了我 8 毛多。

完成这件事后，我长舒一口气，承诺总算兑现了。

后来，周福明回信说："收到信时以为是一本书，打开才知道是一封信时，完全懵了，这辈子还没见过这么长的信呢！"他收到信后被教政治的林老师撞见了，问道："谁寄来的书？"他回答说："是一封信！"林老师不相信："怎么可能呢？信哪有那么厚？连这个也不说实话！"

想不到，这封信还让老师闹了误会。

看完信后，周福明特意估算了一下，有 2 万多字呢！他说："这封信意义十分特殊，它承载着我们之间的友谊，我一定会好好珍藏！"

九

新兵连结束以来，我心中一直惦记着一件事，就是抽空去感谢新兵连的排长李其杰。

春节过后，直属中队全都搬到了支队大院内，新兵连的营区改成了轮训队，李排长此时担任轮训队的副队长。

一个周末，我事先电话联系了李排长，借了科里的自行车，到百货大楼挑选了一本6元多的影集，又买了几听水果罐头。我知道李排长喜欢摄影，影集一定用得上。

到轮训队后，李排长十分热情，又搬椅子又倒水，不住地问这问那。得知我目前在公安处守总机，工作顺心，李排长很是高兴。不知不觉，他又问起我家里的情况。其实，这也是我今天来这儿的主要目的。我告诉李排长，母亲和两个弟弟现在每人每月有17元的抚恤金，加之哥哥、姐姐都有工作，如今我一点儿也不为家中的事担忧了，请排长放心。

我们谈了1个多小时，直到李排长要留我吃午饭，我方才想起下午要值班，而且必须提前打饭接班，于是匆匆告辞。

前段时间，市中队张兆城和余依平特意来看我。我拖了不少时日，也该去回访他们了。老乡见面总有说不完的话。我最关心的是他们近来都掌握了些什么科目、拳术学到哪儿了、在监狱站岗是什么滋味等等。他们对我提的问题毫无兴趣，回答得轻描淡写，说得最多的是他们在中队与干部的关系，与班长、老兵的关系，甚至是新兵之间的关系等等。从他们那儿得知，同一新兵连消防排福建龙岩的曾清福就分配在公安处旁边的县消防中队，另有3个分配在市消防中队。县消防中队在公安处右侧,紧挨着,两个大门之间相距不足50米。

这天晚饭后,我去找曾清福。到值班室说明来意,便有人喊他。不一会儿,他来了。新兵连时他也是排头兵,经常见面却没有说过话。他个子高高的,鼻梁挺挺的,模样帅帅的,同时又给人一种十分憨厚的感觉。30年后,电视选秀明星蒲巴甲的模样与他极为神似。

刚开始谈话时,有些尴尬,有一句没一句的。当我问到消防训练专业科目都有哪些、现在新兵们已经掌握了哪些的时候,他开始滔滔不绝起来。听他说话,给人一种咬字不清、磕磕绊绊的感觉。不知是天生的大舌头,还是从前很少讲普通话的缘故。不过,这一点儿并不妨碍我们交流。

他说,他的训练成绩在新兵中一直是最棒的,已训的科目大多可以跟老兵相比了,有的甚至还超过了老兵。可老兵们喜欢欺负新兵,成天"新兵蛋子"不离嘴,什么事都叫新兵干。他才不干呢!反正自己没什么文化,也不考虑进步问题。有个老兵老是针对他,说他比老兵还油条,还想动手揍他,结果反被他三两下打倒在地上。现在中队都知道他在家学过武术,没人敢惹他了。

我这是第一次听到"新兵蛋子"这个词,备感新鲜,觉得"新兵蛋子"并不全是贬意,似乎还包含了一层老兵对新兵的一种亲昵和关爱,如同四川人说"瓜娃子",关键要看从嘴吐出这几字时的语气。

说到这儿,曾清福突然问我吃晚饭了没。我说吃了。他说他还没吃呢,让我先坐一下,喝点水,他去弄点吃的,说着就出去了。

我有些纳闷:这时候没吃晚饭,生病了吗?过了晚饭时间，上哪儿弄吃的呢？正当百思不得其解的时候，他回来了。只见他拿来一碗剩米饭和一个大点儿的空盆，还准备了两个鸡蛋、一点油、一根葱。他把火炉的炉盖打开，把空盆放在火炉上，倒上油，油热了之后打上鸡蛋，鸡蛋打成花后，再倒上干饭，然后用汤匙慢慢翻搅，最后又倒了些酱油，加点调料，切上葱花，不一会儿工夫蛋炒饭就成了，动作相当娴熟。然后，他一边吃着饭一边和我说话。

我问："什么原因没吃晚饭，生病了吗？"他说："晚上的菜做得又辣又油腻，没胃口，就没吃。这会儿觉得饿了。"见我一脸懵的样子，他又说几乎每天晚餐都这么干。

十

总机上，打交道最多的，除支队的总机之外，就是省公安厅、武警总队的总机了。负责支队总机的同我们都是一个班的战士，而省公安厅和总队总机则都是省武警通讯中队女兵负责。支队此时还无法直接联线总队，所有电话都必须通过公安处总机转公安厅，再转总队。所以，每日里我们都频繁与这些女兵打交道。

这些女兵上机比我们早，在机上显得比我们老道，不高兴的时候粗声粗气，心情好的时候细语柔声。她们很清楚各地公安处总机都是男兵，于是经常在机上摆出一副上级机关的派头。晚上值夜班或白天电话少的时候，她们会主动摇一个公安处总机值班员聊天。那年代，女兵可谓奇货可居。正常情况下，女兵问什么，男兵都会如实回答。慢慢地，她们掌握了各地区公安处男兵们的第一手资料，我们也了解了她

▲着冬装照

们的一些情况。

　　其实，这些女兵也全是新兵，皆是武警部队成立当年才入伍的。谁都知道那年头男兵都是百里挑一，更不用说女兵了。但不知为什么，她们中间有不少人比同年男兵年纪大。所以，当她们知道我的年龄后，都喊我小弟弟，开口闭口逼着喊她们"姐姐"。开始，我以为她们只是对我这样。一了解，原来只要比她们小，便一律让叫"姐姐"。

　　我们几个中，吴明华的性格较为开朗。熟悉这些女兵后，他经常主动给女兵们挂电话，只要机上空闲就找她们聊天，有时不值夜班的时候也过来总机上聊。

　　蔡裕忠为人老实，生性木讷，一般不会主动跟女兵聊，即使聊上了也话不投机。

　　梅赤峰内向，说话瓮声瓮气，常常有一句没一句的。他倒很想跟女兵们聊，可女兵们跟他很难聊到一块儿。有意思的是，当有人和女兵聊天的时候，他喜欢在总机另一端打开监听键，戴上耳麦听别人聊。吴明华如果在宿舍里给女兵打电话，他必定在机上监听。

这些女兵个个想充大，天天不是逼这个叫"姐姐"，就是逼那个叫"姐姐"。不久，吴明华跟几个女兵的关系都成了"姐姐""哥哥""妹妹"了。

蔡裕忠、梅赤峰和女兵们交流了一阵后，女兵们便不再逼他们了。可是，这些女兵始终不肯放过我。空闲时，我喜欢看书看杂志，一般不会主动找她们聊天。可她们一个电话过来，出于礼貌不得不接，每每不出三句话就开始让我叫"姐姐"。她们一致说我的嗓音像小孩子，甚至夸张地说完全是"童音"。在她们眼里，我就是个长不大的"小可爱"。

说到嗓音，正如她们所言。在家时，父亲从小看我不顺眼，经常有事没事拿我出气，弄得我越来越内向，成天不说一句话。后来发展到在学校也不开口，结果过了变声期，声音竟然变化不大。

这些女兵明明和我一样是新兵，却个个想把我当弟弟看，弄得我很郁闷，甚至有些生气。我越生气，她们越来劲。女兵中有一个叫李颖的，比我大3岁，说话做事极其沉稳，与其他女兵截然不同，而且她从不轻易让人叫她"姐姐"。和她聊了几次，从她那儿学到不少东西。她鼓励我多学习，空闲可以背背《唐诗三百首》，还可以买本字帖练练字等等。她说她认识的人当中，有个人把整本《新华字典》都背下来了。她只有一个哥哥，没有弟弟妹妹，她的字就是她哥哥逼着练出来的。有一回，她突然说让我做她弟弟，让她尝尝当姐姐的滋味，我一时不知所措。

吴明华开始与女兵们通信，还互赠相片。不想，这下惹了祸。女兵们相互吃醋，有一天，其中一个女兵朝吴明华大发脾气，据说还撕了他的相片。那天我值夜班。晚上10点多了，大冷的天，吴明华穿着拖鞋跑到总机上，一边流泪一边压低噪音和女兵说话。我知趣地躲到隔壁办公室。也不知后来他是如何摆平这些关系的。

据我所知，这些女兵也是好奇心驱使，或者为了给枯燥的警营生活增添点乐趣，又或者是为了打发无聊的时间而已，并没有听说有与哪个男兵建立恋爱关系的。

虽然我没叫李颖"姐姐"，但她仍像"大姐"一样对我嘘寒问暖，再三鼓励我多读书。当她知道我喜欢写点东西时，就鼓励我要勤加练笔，持之以恒。

我从心底里觉得这位李颖真像"大姐"，有了叫"姐姐"的念头，但怎么也叫不出口。

十一

"五一"刚过，支队忽然通知我到总队通讯中队参加培训。

走之前，总队总机班的女兵们全知道了。李颖打电话来问要不要接站，说担心我找不着中队。我说有地址怎么可能找不到。李颖不放心，告诉我下火车后，到公交站坐几路车、哪站下车、哪站转车等等，把我当成没出过门的孩子了。

虽然这是我当兵后第一次独自外出执行任务，却丝毫也不紧张。自己事先骑车去买好了火车票，出发当天打好背包、整理好物品。蔡裕忠不当班，推着自行车送我。

天气开始转热，我提着行李挤上火车时，早已满头大汗。

　　车厢里人满为患，超过三分之一的人没有座位。我把行李放到行李架上之后，就一直站着。从宜春到南昌要4个多小时，直到最后一个来小时才有了座位。

　　到站后，我将挎包左肩右斜，背上背包，提着行李出站。按照李颖指示的路线，很顺利地找到了通讯中队。

　　走进中队时，正值太阳将要下山的时候，金色的阳光将整个通讯中队的院落涂上了一层鲜艳夺目的色彩，仿佛我走进的不是警营，而是童话中的世界。我抬头看了一眼宿舍大楼，感觉宿舍楼内有无数双眼睛盯着自己。当晚，李颖和另一名女兵过来看我，在走廊里和我聊了一会儿。这是我第一次见到李颖：中等个儿，圆圆的脸，一副十分干练的样儿。和她相比，不得不承认自己的确像个不成熟的小弟弟。报到后，我给吴明华打电话报平安。他说早知道了，还说女兵们告诉他，我走进中队时，红着脸，怯生生的，挎包左肩右斜，一副老实巴交的样儿，一猜就是王福校，只是没想到个头还挺高的。

　　次日开始培训，内容是收发传真电报和会议终端接收等。之前在宜春公安学校培训过传真，不过那次培训侧重理论，这次侧重操作。虽然之前很少操作，但经常看到公安处通讯科收发传真，操作流程早已烂熟于心。所以，轮流操作时，我一下就上手了。无论是安装传真纸，还是安装传真笔，都又快又好，甚至连简单的故障排除也会。负责教收发传真的通讯参谋说我可以不用练了，让其他人多练练。

　　星期六下午，李颖打电话来（宿舍走廊有电话），说明天上午带我去市里逛逛，我随口应了。晚上，李颖又特意到宿舍来，问我到底敢不敢去。我说："敢！"

　　周日吃过早饭，我准备好挎包，从宿舍下来。李颖和另一名女兵已等在那儿。说实在的，让一个男兵跟着俩女兵一块上街，的确有些难为情；可我已经答应，就不能反悔，只好跟着她俩出了中队。出大门口时，岗哨目不转睛地盯着我，我的脸唰的一下就红了。

路上，李颖问我是否有想买的东西。我说："没有，就想去书店看看。"李颖说："那就到八一广场附近逛逛吧！"

一路坐公交，中途还换了一次车。上车后，李颖都抢先把票买了。这天天气极好，湛蓝的天空中，飘着无数棉花团似的白云。我们来到八一广场，在纪念碑四周转了转。广场上有不少游客，几个个体拍照的在向游客揽生意。李颖问是否也要拍一张。我慌忙摇了摇头。之后又去了南昌起义纪念馆，不巧恰逢馆内维修，只能在外围参观。最后才去了新华书店。到午饭时间，李颖问我想吃什么，我说都行。她俩把我带到一个西餐厅，点了三杯咖啡和一些蛋糕。我抢先付钱时，两人拦着，怎么也不让我付。争执中，西餐厅内所有的客人齐刷刷看向我们。毕竟穿着军装，怪难为情的，加之我根本敌不过两个女兵，干脆不争了。

午饭后，原打算去滕王阁看看，却在公交车上遭遇了"小偷事件"。事情是这样的：车上有位女同志突然说自己的钱包被偷了，并且指认是她身边的一位男同志偷的。而男同志说他不是小偷，没偷她的东西。双方争执不下。车上只有我们仨穿着警服，出现这种情况，老百姓的目光自然而然地投向我们。这时，李颖稳重、老练的性格凸显出来。她建议双方一起到派出所，让公安民警弄清是非。车上的其他乘客都附和。司机不失时机地建议，由我们三个当兵的陪他们去派出所。其他乘客与当事人双方也都表示赞同。

李颖欣然同意。于是，我们在一个离派出所最近的站下了车，陪着当事人双方来到派出所，将情况向民警说明之后，方才离开。我们担心超假，赶忙回了中队。

这一天里，我几乎都走在两个女兵的后头。只有在陪当事人双方去派出所的时候，担心小偷"狗急跳墙"，有意识地走在两个女兵的前头，将他和两女兵隔开。多年之后，回想起当时的事件，总觉得疑点颇多。那女同志一口咬定那位男同志是小偷，绝对不是空穴来风，应该是那男同志有其他帮手，钱包早已转移，所以他在我们面前始终表现得镇定自若、波澜不惊。

逛南昌城整个过程下来，我居然一分钱没花，买了本书也是李颖付的钱。后来李颖说，我一路红着脸，不说话，弄得她们也挺难为情。

从此，通讯中队的女兵们一致说王福校比小姑娘还要害羞。而男兵却在传，宜春来的男兵了不得，才几天工夫就跟女兵一块儿逛街了。他们虽在一个中队，还从来没有发生男女兵一块儿逛街的事呢！

十二

回到宜春，住宿点已然搬至通讯科最里面的大房间。共4个床位，空的自然是我的。

大家都明白，我很快就会回支队机关。如今，住处和机房在同一楼层里，走廊上喊一嗓子宿舍里就能清楚听到。副班的意义不大，只要有人就行。而且，值班时若要上厕所，让通讯科的同志顶一会儿也是可以的。所以，支队暂时没打算派人来接替我。

没接到通知前，我还和从前一样照常上班。回味起南昌之行，很想写点什么，于是掏出纸笔来闷头琢磨。刚开始一直在公交车上遇到小偷这件事上打转转，可转了两三天也没转出个子丑寅卯。后来，还是把自己在火车上亲身经历的小事写成了一篇小小说。写好后改了改，自感写得十分幼稚，想找个人看看，提提意见，却不知道该找谁。夜晚值班时，把小小说念给李颖听，问她能不能投给《人民武警报》。李颖听完，也不置可否，却鼓励我寄出去，而且今后还要大胆写、多写，总会写出名堂来。

我一激动，第二天便寄了出去。

晚上，吴明华让我陪他上街。平时，只要我俩一起出门，吴明华特别喜欢挽着我的胳膊。因为穿着军装，又是两个男兵，感觉十分别扭。每次我把他的手拿开，可走着走着，他又挽了上来。回来的路上，见路边有人摆摊卖夜宵，摊前挂着一块软体小黑板，上面写着"扁食"两个字。我有些纳闷，问吴明华什么是"扁食"。吴明华说，这"扁食"又叫"扁肉"或"馄饨"。

说到"馄饨"我一下明白了，原来这味小吃还有不同的名字。好奇地走过去看了看，发觉和我老家的馄饨完全不同。老家的馄饨皮厚、馅多、个头大。这里的皮薄、个小，肉馅不是用剁的，而是用木棒生生捣烂的，包的时候用根小小的竹片抠上一星点，有肉味就行。虽然外观看似一样，内容却是不同。

我明白了为什么不叫"馄饨"而叫"扁食"了。虽然不知味道怎么样，但闻着味儿忍不住咽口水。

吴明华得知一碗 2 毛钱后，建议说："咱们回去把小钢筋锅拿来，买 4 碗回去吃。"

我说："好！"

两人兴冲冲回去拿来了锅，果真买了 4 碗回去。一到宿舍，4 人迫不及待开吃，的确十分美味，吃到一口汤不剩。

谁知次日一早，蔡裕忠第一个闹开了肚子，然后一个接一个。通讯科的同志见状纷纷关心寻问。得知原委后，小金阿姨满脸惊讶地说："你们怎么敢去路边摊买'扁食'吃啊？他们怎么可能舍得把猪肉拿来做馅呢？都是用抓来的或毒死的老鼠肉来做馅，怎么可能不闹肚子呢？"

吴明华一听，匆匆跑去洗手池呕吐。

大家建议我们去支队卫生队看看。我们几个都觉得没必要，毕竟扁肉馅少得可怜。下午，大家果然没事了。

这天，终于来了报到通知。晚上，吴明华说："你马上要回支队了，咱们买瓶酒、买点东西庆祝一下如何？"我说："好，我来出钱！"

两人上街转悠了一圈，买了一瓶四特酒、三块酱猪肘和一些花生瓜子。酱猪肘是吴明华看上的。我从小不吃带皮的东西，少买了一块。

回到科里，把总机铃声打开，4 人在隔壁办公室把东西摆出来，又把牙缸拿出来，一瓶酒平分了。蔡裕忠说太多了，喝不了，匀了一点给我们。

4 人边吃边聊，几口酒下去，话慢慢多了起来。吴明华说："年底我退伍了，这里交给小蔡负责。"

蔡裕忠说："到时谁知道支队怎么安排？交给小梅负责也有可能。"

两个老兵都说我俩是高中生，一定比他们有出息，好好干，明年都去考军校，混出点样子，为通讯班争光。

从我接到通知去南昌学习开始，梅赤峰就对我不冷不热，回来后依旧不大搭理我，我知道他心里不痛快。

这时，我觉得该说点什么，开口道："其实，我根本不想回支队！在这里待惯了，又轻松又自在，通讯科的同志对咱们这么好，你们对我也这么好，就像一个大家庭，真舍不得走！回到机关，那么多首长、干部盯着，无论干什么都不自在。如果可以选择，我绝不回支队！"

也许是喝了酒的缘故，梅赤峰脸上的"青春痘"全变成了紫色，一颗颗油光发亮。他说："吴明华今年若退伍，小蔡肯定是负责人。再补充两个新兵，我也成老兵了。福校回支队可要辛苦了。"

我说："回不回的都是一个班。不论在哪儿干，都要为通讯班争气。"

吴明华说："对，你们俩今后一个在支队机关，一个在公安处，好好比一比，看谁有出息，看谁能考上军校。"

我说："我高中没念完，基础又不好，充其量只能算初中毕业水平。小梅可是正儿八经参加过高考的，小梅有希望！考军校，我是不敢指望了。"

……

4人第一次喝酒聊天到这么晚，也是第一次在一起说这么多话，但也是最后一次。

两天后，我回到机关。

·

波折中的倔强

·
·

一

刚到支队，新的环境让我有些忐忑。机关里干部比战士多，并且多数战士还是分散在外围服务，能出入机关办公楼的除干部外，不外乎通讯班和为数不多的几个战士。

由于武警部队刚成立，战士大多是从原独立营转过来的，所以不少老兵还保留着独立营时期的习惯，嘴上时不时挂着"营部、营部"。他们十分怀念那一身草绿色军装，说现在的"上绿下蓝"不伦不类，既不像部队又不像公安；原来的红五星帽徽总能让人眼前一亮，是如今的圆形国徽无法与之比拟的。甚至有人调侃，拿块圆形饼干放在帽子上，拍出来的照片效果没什么两样。

通讯班原来以有线通讯为主，老通讯班的战士人人会架线。支队成立后，架线的任务没有了，通讯班成总机班了（两名报务除外）。

通讯班的另一项任务是打扫卫生。办公楼里的支队首长室、大小会议室、公共走廊、楼梯以及室外的环境卫生，都是通讯班的卫生区范围。平时，司、政、后有任何杂活，也会随时调用通讯班的战士。若有干部搬家之类的硬活，更是少不了通讯班。所以，通讯班又有了另一个称呼——公务班。

我报到之前，通讯班几个战士因分工不平，时有争吵，干活不用心，机关首长不满意。于是，将其中两名战士调到下面中队去了，又从中队抽调了高庆国上来，重新分配了任务和责任区。

每日早操后，通讯班的战士各干各的，忙得不亦乐乎。

刚开始，我根本插不上手。班长让我去打扫公共区域，还说很快会给我新的任务。

通讯班值班，通常安排一正一副，正班在总机房，副班则在值班室。值班室是采用干部们轮流制，每人坐班一天。副班的任务主要是在正班有急事或上厕所时及时顶替，吃饭时间给值班干部打饭，遇有紧急情况及时跑腿办事。

其实，通讯班守的只是个小型手动交换机，撑死只有 15门，形状比电台大一点儿，除办公室楼内的首长室及司、政、后外，只有公安处、市中队、轮训队、卫生队等为数不多的几门电话。若要与总队或县中队联系，都必须通过公安处总机接转。所以值班十分轻松，多数时候一个上午只有十来个电话。守总机的战士都没受过正规培训，用语不规范，经常惹首长、干部们不高兴。有时占线久了，心急的干部干脆直接到总机房来察看，把值班的战士弄得紧张兮兮的。

司令部负责管理通讯班的是温参谋。如果温参谋不在，就由机要廖秘书负责。这两人是司令部最年轻的干部，本身业务繁忙，根本无法把精力放在管理通讯班上。所以，通讯班的管理工作主要还是靠班长王世校。

王世校中等身材，黑皮肤，小眼睛，不苟言笑。我以为他有十几年兵龄了，没想到竟是 1982 年的"老兵"，每天带头干活，和我们一样值班。王世校三个字与我的名字有些相近，经常有人问我们是什么关系。事实上，我是山东人，他是江西上饶人。

由于通讯班分成三个点值班（另有一个是报务值班点），他也只能管好身边的几个人。

二

支队办公楼虽然只有两层，却十分庄严肃穆。门楼顶端悬挂着国徽，两侧是翠绿的松柏。进入办公楼大厅，迎面看到的是传统的木楼梯，下半部分宽敞大气，上半部分则分成左右两侧。一楼左侧除第一间是值班室外，其余为后勤处办公室，走廊尽头是个出口；右侧是司令部办公室，尽头是作战室。上二楼后，与一楼左侧对应的部分大多是政治处办公室，值班室楼上这间后来成了传真室，传真室对面是总机房；与楼下司令部对应的是司令员、政委、参谋长的办公室及小会客室，与作战室对应的是大会议室。

整个办公楼为砖木结构，楼梯、二楼地板皆以木材铺就。两层走廊里各摆了4个痰盂，楼梯转角处也摆了2个。办公楼内没有洗手间，刷痰盂和洗拖把必须到办公室前面的水塘边完成，各办公室用的开水也都是通讯班战士从食堂打来的。每天早晨，或端着一摞痰盂，或拎着几把拖把，或提着四五个热水瓶的战士进进出出，形成了一道奇特的风景。幸而分工有序，大伙儿忙而不乱，保障着办公楼的正常运转。

几天后，两台传真机和一台电话会议终端机到了。班长带着我们将政治处的资料间清理出来，改成了传真室。因收发传真必须占用电话线路，所以，收发传真的时间一般都选择在下班后或者线路空闲时段进行。为了便于工作，在传真室内安了张床，既是工作室也是宿舍。那几日，我忙得团团转，把传真室打扫得一尘不染，还安上了窗帘。放传真机的长桌有些破旧，实在有碍观瞻，便从廖秘书那儿找了块蓝色的布遮盖住，并用图钉固定好。

传真机安装好后，天天与总队传真室连线试机，3天后开始有正式电报传来。收到电报后，按要求必须立即交与廖秘书，廖秘书再立即交与首长们传阅。那年代，传真是最前沿的通讯设备，对首长和机关干部们来说还有一种神秘感，所以不断有人到传真室打探。参谋长王福祥（光听名字还以为我们是同乡呢）更是一再嘱咐，收到传真必须立即报告。有一次，中午一点多收的传真，我见内容不是加急，两点钟上班后才报告，被他狠狠批了一顿。后来传真电报多了，大家见怪不怪了，这才交代：不是加急，一律等上班后报。

不久后，有政治处干部跟首长建议，把一套广播设备也交给我。首长让政治处找我商量。我觉得无非是上下班时间放放军号和音乐，何乐而不为呢？便一口应承下来。

在政治处干部和班长的帮助下，广播设备很快安装完毕。室内设备除了一台扩音器、一台功放机和一台三用机，还配了几张唱片、两盒磁带。看着屋内一下多了这些设备仪器，内心不由生出一种无以言表的成就感，感觉有生以来，头一回成了一个有用的人、一个能做事的人。

三

不知不觉入伍已大半年了。这段日子里，环境不断变换，而每个新的环境都带来新的挑战。我意识到，只有不断努力学习、积极工作，认真完成每一项任务，才能对得起部队首长和同志们对我的关心和厚爱。

因为工作关系，跟政治处的葛干事慢慢熟络了。前些时候帮政治处搬东西时，发现政治处库房里有很多书，除了部队政治教育读本之外，还有不少文学名著，甚至还有高中数理化课本。我鼓起勇气向他借书。

葛干事十分爽快，打开库房让我自己挑。我兴奋不已，仔细挑选，最后拿了《悲惨世界》《笑面人》和刊有《高山下的花环》的《昆仑》杂志。准备转身离开时，那些高中数理化课本吸引了我的目光。葛干事似乎看出了我的心思，问是否需要一套。我说想要，却又担心自己学不进，浪费了。葛干事说："这些书是上面配发下来的，专供考军校的战士使用，想要尽管拿一套。其他书看完要还的。"我连声道谢，说留个借条吧。葛干事摆摆手说不用。

工作虽然忙碌，但过得十分充实，这会儿又有书看，更充实了。《笑面人》没怎么看懂，《悲惨世界》却是印象极深，有种说不出的喜欢。《高山下的花环》让人热血沸腾，尤其是山东大娘带儿媳从沂蒙山到广西烈士陵园看望儿子的场面，让我为之动容，泪流满面。老区人民赤诚质朴的情怀，军人无私无畏的献身精神，无不感染着我。从此，我成了《昆仑》的粉丝。然而，整个政治处仅有一本《昆仑》，很难借到，不得不改看《解放军文艺》了。

文学作品有滋有味，数理化却是晦涩难咽。课本拿回来后，一直摆在桌上，几次逼迫自己打开了，就是看不下去。于是，经常勉励自己：每天只要坚持学一两页，一个月就几十页，只要坚持，就一定能把这些书学完。但一个月过去了，根本没看几页，不由痛恨起自己："这么简单的事都做不到，将来还能做什么呢？"

不久，一个在战士中广为流传的故事传到我这儿。说是有一位连长转业后安置到某县公安局成了一名普通干警。3

年后，他连里有位班长退伍回到地方，并且同样进了该公安局。在刚刚兴起的干部"四化"（革命化、年轻化、知识化、专业化）热潮中，这位班长被提拔到科长的岗位，连长却成了他手下的科员。

这个故事让不少城镇户口的战士打消了考军校的念头，认为在部队混得再好，转业到地方后一切都得重来，不如早点回地方打基础，将来更有机会成就一番事业。这个故事似乎也让我找到了不学习的理由，从此，数理化更不入眼了。

四

每天，我和其他通讯班战士一样值班、打扫卫生。不同的是，我比他们多了几项工作——传真、电话会议和广播。

说实在的，我不怕辛苦，年轻人多干点工作累不着，况且这几样工作都是在总机比较空闲时干的。刚开始，我都能一一兼顾，不仅干得特别欢实，还为自己干得比别人多而暗自得意。然而，时间一长，几项工作之间的矛盾冲突渐渐凸显出来，经常顾此失彼，十分狼狈。

早晨，我要比别人起得早，提前打开扩音器热机，放完起床号后放音乐的同时，赶忙穿好军装、扎好腰带。这时，机关干部战士们已经在楼下集中。时间一到，放出操号。放完后，关掉设备，并以最快速度冲下楼去，排在队伍的最后头，跟机关干部战士们一块儿出早操。早操回来打开广播后，再同大家一块儿打扫卫生。

如果上午是正班，打扫卫生就得比别人更迅速些，然后匆匆去食堂打饭，好让值夜班的战士准时下班。但我接班后必须先放上班号，等放完上班号后，才能端着早饭边吃边守着总机。

上班时间倒一点儿不忙，但下班时又得放下班号，不得不提前热机。好在就在对门，仅隔一道走廊。如果两边机房都不用脱鞋，能省去不少烦恼。放号时一旦有电话进来，必须坚持把号放完，关毕后，方能去接电话。见这么久没接电话，打电话的干部要么大发脾气，要么干脆直接冲到机房来，不分青红皂白呵斥一通。第二天还要在交班会上点名批评，会后再一级一级查下来。虽然了解情况后不再追究，但过程却让人十分不爽。

如果下午是正班，中午别人可以休息，我却要忙着收传真。按规定必须提前半个小时开机等待上级点名，收完传真后要耐心等待总队挨个询问，报告没问题了才能关机。如果收不好，还要重收，如此便一点休息时间也没有了。如果这期间有电话来，又要顾头不顾腚了。幸好中午时间通常没什么电话。

上班时间到了，又要放起床号、上班号，这时候只能待在传真室内。放完号后，让副班上来替班（中午时间，值班干部午睡，副班也去休息），然后拿着刚收的传真找廖秘书。

下午下班后，可以多放些歌曲，放多久没有规定。这时候，整个营区都回荡着轻松欢快的歌曲，让忙碌一天的干部战士们都放松下来。两盒磁带中，有一盒是王结实、谢莉斯的专辑，青春、奔放，放得最多。

晚上，原本可以休息，可下午收的传真要转发到基层。晚饭后，拿着拟好的电报赶到公安处，请公安处通讯科传到各县公安局，再由各县公安局转给中队。因为传真都必须预通知，所以下午就要通知公安处，公安处再通知各县公安局做好收报准备。由于轮训队、县消防中队、市消防中队无法接收传真，需要打电话叫他们派人来机关抄写带回。为了减少他们的麻烦，我事先自己用复写纸复写3份，到公安处之后再一一给他们送去，回头到公安处把原件收回。待我气喘吁吁回到支队时，熄灯时间到了，慌慌忙忙放熄灯号。一天到晚，常常忙得连个洗衣服的时间都没有。

若是运气好借到自行车，便轻松多了，但这样的好事有几回呢？

上副班会轻松一些，但也必须将值班室卫生认真打扫一遍，再把楼梯扶手擦拭一遍，做完这些才能坐下来看看书。中间也总是被打断，不是被这个干部指使，就是被那个干部指使。如果值班干部有事到办公室去，整个半天就要坐在值班室内不得离开。遇到有亲和力的值班干部，可以聊聊天、说说话。当然，多数又是鼓励要好好干、刻苦学习、努力工作、争取考军校等等。

五

记得第一次使用会议终端机是在"八一"节前夕，这也是总队第一次召开电话会议。不少干部根本不知道电话会议是怎么一回事，都带着好奇心来参加会议。

会议地点在二楼大会议室，时间是晚上七点三十分。

吃过晚饭，我便把会议终端机搬到会议室，又从总机室接了线。班长王世校则与其他战士摆放茶杯。总队不断在试机，呼喊着"宜春、宜春""萍乡、萍乡""声音怎样""能听见吗"……可声音时有时无。七点十五分，正式点名，效果仍不理想。会议准时开始，我按下录音键开始同步录音。起初还断断续续传来声音，10分钟后完全没了声息。我把音量调到最大，仍听不见。与会干部们用怀疑的眼光看着我，大概都认为是我学艺不精，嘴上无毛，办事不牢。果然，一会儿有人质疑是不是接线有问题，让我查查；一会儿又有人质疑问是不是音量开关扭反了；一会儿又有人质疑是否操作有问题……我被问得一头汗水。参谋长王福祥按耐不住了，让我别乱动，他自己亲自上阵旋旋这个钮、摁摁那个键。刚调来的祝参谋也来"帮忙"。终于，在他们的"热心帮助"下，电话会议终端机音量开关键被扭脱了。这可苦了我了，以后再使用时必须带上老虎钳。

之后，与总队联系才知道，所有的支队都没有收听到，总队只得把会议内容传真下来。

第二次召开电话会议在9月份，是关于中华人民共和国成立35周年纪念活动行管的紧急会议。通知下得突然，不少机关干部下中队搞整训验收去了，参谋长也不在，我暗自庆幸。谁知临到开会时间，却突然停电。打电话到变电所，打不通，过了七点半才打通电话。电来了，我匆忙开始录音，专心投入工作。会议室啥时候坐满了人，我都没察觉。会议结束后，我马上与总队联系，请求把开头的那部分录音重新播一下。除了受停电影响外，整个过程声音十分清晰。

9月初，扩音器里有个"大灯泡"突然烧了。想与市广播站联系，却不知道地址。问葛干事，他让我把"灯泡"交给他，下班后顺路去问问。

几天没开广播，首长们都亲自来过问：为什么没开广播？

是怎么弄坏的扩音器？我说是烧坏的，似乎没人相信，有点儿有口难辩的感觉。

过了几天，葛干事拿回一个"灯泡"，说型号不同但可以替代。我装上去试试，还真行！可没几天，不知哪儿又坏了。请了个维修师傅来看看，说是保险丝烧了，换了新的保险丝就好了。我在一旁认真看师傅如何检查、如何换保险丝，暗自记了下来。

接下来，扩音器保险丝三天两头烧，我都自己换。每天除了放号，一般不敢再放歌曲，因为时间一长就要烧。

六

传真电报越来越多，休息时间越来越少。

星期六这天，中午收了 8 页，直到两点半才收完。晚上刚接班，林参谋就送来传真文件要我发送。原以为是发总队的，一看却是要到公安处发往基层。没办法，只能叫值副班的郭吉赣上楼替我，自己借了自行车就跑。到了公安处找到孙处长的家，让他签了字（所有发文必须经值班领导签字），才发现文件没盖章。这时已经是七点多了，只得让通讯科通知基层改八点发。匆匆赶回支队，却怎么也找不到林参谋，原来他上夜大去了。不得不打电话请参谋长出面协调，原本盖司令部的章换成盖支队的了，这才风风火火赶回公安处。由于铁路线战备不能发，又匆忙赶到市中队，让他们抄了一份。回到支队，已经快十点半了。郭吉赣早已不耐烦了！如果不是替我的班，他九点半就可以去睡觉的。这能怪我吗？正想把文件放好，去洗个澡，无意间看了一眼，才发现轮训队、市消防中队、县消防中队也要发。已经这么晚了，怎么办？按要求是要马上打电话让他们来抄的，如果这般要到几点呢？有外人进大楼，值班干部也不能关大门休息，恐怕也要埋怨我了。

郭吉赣见我犹豫，嚷嚷着要回宿舍。我说："还没洗澡呢！"他说总机房有桶水，让我擦擦身算了。我听了，不由有些上火，但最终忍住了，说了句："你走吧！"

第二天是星期天，上午我轮休。一大早我就把文件复写了3份，早饭后骑车送了出去。中午想好好补个觉，没想到又来传真了……

这样的忙碌成了我的日常。不仅如此，还时不时被机关干部抓差，睡眠时间严重不足。

习惯了忙忙碌碌，久而久之，闲下来反而难受。一有空，我就主动找事做，有时去冲洗厕所，有时到厨房帮厨或帮老魏头割鱼草等，把时间安排得满满当当。

我这样做当然也有私心，主要想争取进步，入个党回家，否则当三年兵什么成绩也没有，很难向家人交代。

七

中秋节这天，部队没放假。上午我值正班，十点过后电话少了，闲得发慌，就提笔写日记。

离家快一年了，有些感慨。"每逢佳节倍思亲"，母亲和家人会想我吗？去年中秋节时，父亲和三弟在泉州住院，母亲和姐姐在医院照顾病人，家里只有大哥、小弟和我。大哥破天荒地给了我和小弟每人两块钱，让我们各自买月饼吃……

我不禁想起张九龄的名句:"海上生明月,天涯共此时。"

昨天,机关给每个战士发了1斤饼。此饼名曰"老婆饼",据说是江西著名的"美食小吃",江西兵个个都知道。而我却是第一次听到,觉得十分有趣。

1斤"老婆饼"共6块,我不喜甜食,将3块分给其他战友,自己仅留3块。真别说,"老婆饼"确实挺好吃!

原以为中秋夜会皓月当空,不想天黑后变了天,满天黑压压的乌云不断翻滚着,仿佛天兵天将气势汹汹来袭,直到一场暴雨过后,一切才趋于平静。九点钟后,高庆国、肖开来、郭吉赣、李向民,不知是谁买了一瓶加饭酒和一袋花生,叫上了我,几个人在总机房小聚,庆祝节日。加饭酒没多少度数,几个人一分,很快喝完了。高庆国又跑出去买了几瓶啤酒和葵花籽进来。啤酒是宜春啤酒厂生产的。大家把牙缸倒满,一边聊天一边喝。见肖开来还戴着帽子,让他脱了,他死活不肯脱。他外号"阿拉法特",都说他戴上头巾就是活脱脱的"阿拉法特二世"。几个人合力把肖开来的帽子强行揪了下来,这才发现这家伙的两撇眉毛没了。大家笑着问怎么回事。肖开来说:"眉毛太稀了,理发时干脆也刮了,看看重新长出来能不能变浓些。"难怪肖开来最近总是把帽檐压得低低的,原来没眉毛了。看着"阿拉法特"的样子,大家笑了好一阵。说着笑着,不知谁掏出了烟,一个个抽了起来。高庆国不知为什么不断朝我的牙缸里弹烟灰。我叫他别弹,他说醉了,不小心。趁我不注意,他又弹。我忍不住敲了他几下,他才不敢弹了,却一个劲儿地坏笑。

第二天,高庆国用狐疑的眼神盯着我看了又看,问:"你昨天没怎么样吧？"我说："没怎么样呀！"问他咋回事，他笑了半天才说："听说酒里弹上了烟灰很容易醉，所以昨天故意装醉，把烟灰弹到你酒里试试。你喝了却没醉，说明这传言不实。"

原来这小子是故意使坏，我追着敲了他几下才放过。

八

这天，我正在总机房值班，机关上下忽然忙碌起来。一问，方知是地区卫生检查团要来，据说检查不过关还要罚款，机关因此"大动干戈"。不用说，繁重的任务又落在通讯班身上了。

一连几天里里外外忙碌，休息时间又不断收发传真，弄脏的衣服、鞋子一直没空洗。连续疲劳工作，使得睡眠也深了，早上起床时间到了，我还在做梦。直到值班干部"砰砰"地敲我的门，我才惊得一下翻身而起。

放完号，参加出操，大家都用异样的眼光看着我，十分尴尬。

回来后开始反思：领了这么多任务，主观上是想把每一项都干好；做了很多工作，矛盾却没处理好。工作中还出现不少纰漏，该解释的时候又不解释，不该说话的时候话又多了。长此以往，还怎么在机关待？该认真思考如何解决这些问题了！

近来发生些不顺心的事，心情不是很好，可也有让人高兴的消息：一是从10月1日起，义务兵开始使用免费邮戳。我的信多，邮票钱可以省了。二是10月份起每人每天伙食费增加1角钱。原来是每天7角，现在涨到8角了。不过，听说通讯班很快要划归直属中队管理，到时候，肯定要一块儿吃大锅饭了。

九

国庆节，支队计划加餐。临了，什么也没有，总觉得哪儿不对劲。晚上到浴室冲澡，重重地摔了一跤，头上肿了个大包，手臂也肿了。最要命的是脑袋有些摔糊涂了，许多事一时记不起来。第二天站在支队大门口，看着墙上的标语，一连背了几遍，竟记不下来（好在这种状况几天后消失了）。

离奇的事一桩接一桩。早上，池塘里的鱼全都浮到水面上来，岸边无数死虾，我感到自己也有些缺氧。

扩音器的保险丝烧了换、换了烧，终于换光了。托高庆国买，没买着。利用星期天自己上街找，却怎么也找不到3A的保险丝。

后来去公安处，让他们帮着想想办法。王晓文给了我2A的，说是2A行也。我拿回来一试，果然可以。但不一会儿扩音器就发出"嗡嗡"的响声，并散发出一股焦味，吓得我赶紧关了。小心翼翼开了几天，最终还是坏了，肯定又要遭参谋长数落了。

要想早点修好，靠别人是不行的。于是，我把扩音器用纸箱装好，叫上高庆国，准备一块儿用自行车推去修。恰巧遇到支队小车要去加油，搭了个顺风车。

到市广播站，和高庆国把扩音器抬到楼上。市广播站又小又破旧，有点儿像解放前地下党秘密印刷传单的地点。

高庆国走后，整个上午我一直待在那儿，看着赵师傅检查。直到十一点多了，才不得不往回走。这时天下开了小雨，衣服都淋湿了。下午，我又过去。赵师傅告诉我："变压器坏了，修，需三四十元；换，则六七十元；选择修，还不能保证质量。"我一听，心里像压了块石头，有点透不过气来。

还没坏时，我已经察觉到有故障，和宣传干事说了好几回，要求拉去检查检查，可得到的回答都是："请示请示！"上一回，因为买了个管子，花了 4 元多就大惊小怪。这回这么多钱，又会说什么呢？

我问赵师傅："是否是操作不当或没保养好导致的损坏？"赵师傅说，跟操作和保养没关系，原因是内部晶体管损坏，从而引发变压器损坏，而晶体管本身十分娇贵，动不动就烧。

回去的路上，又下开了毛毛细雨，行人纷纷用身边的物件遮头急急忙忙向前奔跑，我却毫无察觉似的慢慢在雨中行走。适才无奈选择了修变压器，然而，该如何汇报，又该向哪位首长汇报这事呢？

十

由于我经常去政治处借书，负责宣传的饶干事总是鼓励我，除了多看书外，还可以试着写写新闻，并建议参加《鸭绿江》文学函授。

我了解了一下，《鸭绿江》一年出 12 期，也充当教材，每月上交一篇习作，老师点评后回给学员，如果质量过关可以发表在刊物上。部队学员一年只需交 12 元。我二话不说，报了名。

最近在《解放军文艺》上看了李存葆《高山下的花环》的姊妹篇《山中，那十九座坟茔》，看得我如痴如醉。小说中有段话，给我留下了深刻的印象："力气不像钱。钱存进银行，会生出利息；而力气不用，存起来，只会越来越小……"我把这段话记在本子上，时时刻刻勉励自己。

《鸭绿江》教材寄来之后，我开始琢磨如何完成第一篇习作。近来天天下雨，事不多，花半天功夫，写了一首诗，题目叫《秀江河上的养鸭姑娘》。自己感觉还过得去（其实从没学习过如何写诗，充其量只能算打油诗），给《鸭绿江》寄去了。

现将这首诗抄录下来：

清澈的秀江河上闪着粼粼波光，
水面上驶来一只玲珑小船，
有位姑娘手撑长长的竹竿，
一大群鸭儿围着小船叫得欢。

清脆的歌声飞荡在秀江河畔，
甜美的笑脸，鲜艳的花衫，
多像传说中的三姐又下凡，
她是咱们这儿有名的养鸭姑娘。

十月的金秋，一派丰收的景象，
遮不住姑娘对美好生活的向往，
拳头大的鸭蛋儿数不完，
现代化的家具，崭新的楼房
……

哦，是一号文件给了农民致富的好方方，
姑娘禁不住唱起山歌歌颂党，
愿为"四化"建设贡献力量，
勤劳致富科学养鸭再谱新篇章！

　　文化教材拿到手有些日子了，依旧学不进去，这是件挺糟糕的事儿。将来到了地方，处处要考试，考不过人家，怕是永远要落伍了。每每想到这些，就不由自主地自责。在自责和忧虑困扰之下，常常莫名的恐慌。有天晚上做了一个奇怪的梦，醒来之后，梦里的情景无比清晰：

　　大雨之后，灰蒙蒙的天穹笼罩着大地。天底下，一望无际的田地被雨水淹没，一丘接着一丘，一直延伸到天边，与天色浑然一体。

　　在这凄冷萧杀的世界里，我独自在刺骨寒风中挖着水田。冰冷的田水不断刺疼着我，可我不得不强忍着，不停地劳作，直到肚子饿得前胸贴后背了，方才扛着锄头往回走。途中经过一座大宅，心想，这么大的宅子会是谁的呢？谁知，宅主人恰好出来了，一看，竟是小学时的一位同学。这小子年龄比班上其他同学大两三岁，四年级没念完就辍学了。没想到这大宅子竟是他的，我羞愧得连忙弯腰躲到柴堆后面……

　　在家时，父亲经常带着我们兄弟干活，但从没干过水田里的活。梦里为什么会在水田里干活呢？这梦像在告诉我，再不用功学习，将来的结局就是如此，连最不爱读书的小学同学也混得比我强。

　　这个梦深深地印在我的脑海里，每每想起，都有一种无法言语的感觉。

十一

三弟来信，说他开始集邮，让我收集些邮票给他。于是，我特意到邮电局门市部买了两套给他寄去。同时，想办法收集一些使用过的邮票。然而，很难收集到好邮票。

收集邮票的过程中，得知有人收集"火花"，也就是火柴盒的封面。这"火花"也是一套一套的，以前从没有注意过。我也来了兴致，只要有书信往来的朋友，一律要求对方帮忙，还真有所收获。

由收集"火花"联想到收集硬币。当兵前，福建那边都说5分55年版的、1分53年版的非常值钱，市面上找不到。江西这边根本没有这种说法，这两款硬币只是少见而已，还在流通。我何不也集一些呢？值钱不值钱另说，将来回到福建，可是奇货可居啊！

后来，我发现直接到服务社换硬币效率最高。多次去换，没多长时间就换了15元多，难得的是其中有13枚55年版的5分硬币、1枚53年版的1分硬币。

大田老乡柯荣辉从清江调到奉新，路过宜春。我叫上张兆城、余依平、乐璟琪几个小聚了一下。现在他们个个身体都比新兵连时棒多了，唯独我依然是瘦瘦弱弱的样儿。唉，如果当时下中队就好了！当兵不就是为了练思想、练体魄吗？如今的我，每天沉浸在无尽琐事当中，工作干了不少，却没落好，心中不禁羡慕他们。我本是一个特别喜欢热闹的人，如果在中队，跟大伙儿一块儿训练、一块儿吃饭、一块儿休息，想必过得快快乐乐。如今工作之余总是一个人，冷冷清清，孤孤单单，很容易想这想那，常常靠写信来打发时间。这不，10月1日开始用免费邮戳，才过去12天，我已经寄出了13封，平均1天1封还有余！

看到与战友们之间的差距，很想弥补弥补。文化课学不进，锻炼身体总应该可以了吧？因为开广播，无法跑步，借了副哑铃，练完哑铃练俯卧撑，坚持练一段时间，一定会有效果。

一定要坚持哦！

十二

连续几日阴雨天气，早晨起来见天气转晴，就把被子拆了。

这是我第一次洗被子，上午八点刚过开始洗，一直到十点才结束。

洗好后，找高庆国帮忙。两人先把水拧干，然后再晾到水塘边的铁丝上。晒好后，高庆国见旁边柳树上挂了个烂丝瓜，一时犯贱，学着电影里的武打招数，左脚踏地腾空，右脚猛地向丝瓜弹去，丝瓜"砰"一下碎了。如果用电影慢镜头记录这一刻，一定是美轮美奂！而现实却让人目瞪口呆，烂丝瓜汁溅得满被子星星点点，两人一下傻了眼，想拿下来重新洗，又觉得太累人。高庆国有点尴尬，出主意说，提桶水来刷刷算了。

见我没反对，高庆国提了桶水过来。他用手浇水，我用刷子刷，反复洗了几遍。待被子晒干后，点点滴滴都成了白斑。不知道的，还以为是"跑马"留下的。想要重洗，老兵们都说，再怎么洗也洗不掉了。太气人了，我忍不住又把高庆国骂了一通。

被子洗了，可怎么缝起来呢？这可是一道难题！不光是对我，对于多年的老兵来说，也是一道难题！如果缝不好，以后被子就更难叠了。

我把通讯班的老兵问了个遍，没有一个说会缝。到了晚上，见李向民有空，就逮着他帮忙套被子。套好后，自己撅着缝。这时，副班长李忠华来了，见我缝的针脚歪歪扭扭的，看不下去了，就动手帮我缝。嘿！没想到竟然缝得有板有眼，针脚直多了。缝好后，我说我的被子难叠。李向民认真地帮我叠了被子。之后我就按李向民的印迹叠，果然比之前好叠多了。

现在的被子明显旧了许多，看起来像老兵的了。

这时候，李管理员来到总机房，好像喝了点酒，满脸红扑扑的。他笑嘻嘻地和我们聊天。我随手抓过他的帽子往自己头上一戴，正好，是Ⅱ号的帽子。李管理员长着一个大脑袋，头发稀稀疏疏的，帽子却紧绷绷的。于是，我说："管理员，换顶帽子吧！我是Ⅰ号的，比你的新多了呢！"

李管理员试了试我的帽子，同意了。

我说："你的帽徽太旧了，我不换帽徽。"

李管理员说："明天给你个新的。"

我高兴地喊了句："管理员万岁！"

想想又觉得不放心，说："管理员，不会是喝醉了酒，说酒话吧？"

李管理员一听生气了："有你班长在这儿作证，还能诓你不成？"

第二天，我把换来的帽子洗了又洗。李管理员的帽子不但旧，而且油油腻腻的，怎么洗都洗不干净。等晒干后戴上，太合适了！这下，再不会有人说我是新兵蛋子了吧？

当晚，李管理员还透露了一个消息："退伍名单确定了，今年通讯班王世校班长和吴明华两人皆在名单上。"

十三

盼了许久，终于来了新总机。接着，安装总机的人也来了。近几日，通讯班的任务就是配合安装。

安装线路时，安装人员不小心把喇叭线误剪了，害得我辛苦了一个多小时才重新接上。

一星期后，总机安装完毕。这是一台落地式的总机，最大容量为50门。此时安装使用25门，比原来多了10来门电话，与总队联系也有了专线，不必再通过公安处接转了。传真室也装了一部电话，线路是我自己布的。原来的交换机到仓库"养老"去了。

另外，给门岗和直属中队也装了电话。我担心他们半夜叫岗也用电话，真那样，我们就遭殃了！

也许是到了退伍季的缘故，大家似乎都有些怅然若失，连我也莫名其妙地焦躁不安。

表面上，通讯班战士个个表现不俗；背地里，人人打自己的小九九。业务上大多是半桶水，工作上擅长做表面文章。比如拖地板，从头到尾用一桶水，越拖越脏；再比如接班时慢吞吞的，像小脚老太太，甚至干脆在食堂吃饱了再来，根本不考虑交班的人是否有饭吃。不仅如此，他们一方面担心别人多干，因为别人干出成绩了对自己不利；另一方面又担心别人少干了，自己要多干。

此外，整个机关只有我是新兵。后来虽然又从基层抽调两三个上来，可他们在中队时大都已经是副班长了。他们若把我当新兵欺负，我无论如何不会答应，我只想和他们保持平等相处的关系。然而，他们大多是同一年兵，因此互不买账，以致某段时期内，通讯班战士之间的关系既敏感又微妙。

这种情形常常让人不知所措，多做也不是，少做也不是。你卖力做了，别人反而不高兴。算了，我也少做些，不去干那吃力又不讨好的事了！传真和广播的工作已经搞得我焦头烂额了，少理会他们。听说通讯班很快要一分为二了，再组建一个公务班。真那样的话，工作起来定然会顺畅许多。

司令部决定由祝参谋负责管理通讯班，关系也顺了不少，不像以前谁都来管，遇事又谁都不管。这也许就是武警部队刚刚成立，干部们大都从天南地北各个兵种调来，好多工作还没走上正轨的缘故吧！

新总机启用后，祝参谋让我教大家规范动作及文明用语。他们都是老兵，别扭得很。我把常用文明用语列了一下，作了讲解，示范了几遍，然后让他们自己慢慢练。

祝参谋个子偏瘦小，但皮肤十分白皙，模样相当斯文，是从某空军地勤调来的。

十四

10月底，司令部开会，宣布了退伍的名单。会后祝参谋找到我说："吴明华退伍了，公安处少了一个人，你想回公安处吗？去还是不去，给个回话！"

　　我一下愣了，不知要怎么回答。快下班的时候，他又过来说："是不想回去吧？这里多好，一个人住多舒服！"

　　不说这个还好，我最烦的就是一个人住，于是说："我喜欢集体生活，不喜欢一个人住。之所以犹豫，是觉得公安处生活较单调，时间过得慢。"他听了说："不去也行，你考虑清楚！"

　　公安处工作轻松简单，支队机关几乎不管他们，进步问题不可能考虑，吴明华就是个典型的例子。所以，我打心眼里不想回公安处。

　　从公安处到支队机关，半年过去了，天天忙得团团转，感觉才过了几天似的。在与干部们打交道过程中，学会了不少东西，至少学会了如何办事、如何处事。总的来说，机关上下对我的印象还是不错的。照这样干下去，入党应该不成问题。但通讯班马上要归直属中队管理了，组织问题又难解决了。直属中队的其他战士，又是训练又是站岗，本就对通讯班有偏见，加上平时工作生活不在一块儿，很难融到一处，我该怎么办？

　　晚上熄灯后，脑海里不断思索着这些问题，第一次失眠了。说实话，要想默默无闻、轻轻松松过完这3年，公安处绝对是个好去处。不仅如此，请个探亲假也容易些。

　　或许，祝参谋另有考虑，我在这儿，他不好开口；我离开了，他可以把通讯班好好整顿一下，或把总机和传真并在一块儿值班。祝参谋若真这样考虑，我离开未必是件坏事。

　　这祝参谋也真是的，要调要留，本来是干部决定的事儿，却要我来做决定。这不是为难我吗？

　　我翻来覆去，在床上折腾了好久，不知什么时候睡着了。

第二天交完班，我告诉祝参谋，我同意回公安处。没想到他直截了当地说："到了那儿，组织问题就不太好解决了。当然，不是绝对的，相对来说难一些，你要有思想准备。"顿了一下，又说："如果一定要派一个人过去的话，就让你去。"我忽然感觉自己像被什么东西给套住了。

过了一会儿，他突然召集通讯班开会。不出所料，要我教大家如何收发传真和使用会议终端机，还说业务上由我全面负责等等。教他们可以，负责就算了，都是老兵，哪个会服我啊？

傍晚时，来了一车煤，不当班的全参加卸煤。卸完煤，天已经黑了。这时铜鼓中队的魏祥朝来找我，说是调到支队机关食堂来当炊事员，今天来报到，行李还在车站。我匆忙冲了个澡，借了辆自行车，同他到汽车站取行李，在车站小吃部给他买了份饭。

哈，宜春市内有 5 个大田老乡了！

十五

支队办公楼到食堂之间，有一块空地，空地南边是矮矮的山坡，山坡的顶端是支队与军分区干休所之间的围墙。军分区干休所地势比较高，常年有一股生活污水顺着山坡淌下来。

前些日子，支队在这里建库房，工程队每日在这里施工，拉土的车辆进进出出。这天下午，就在污水淌下来的地方挖到一座古墓，整个支队轰动了，大家都围到工地上。我值副班，待值班干部看过之后，我也跑去看。

古墓的顶部盖着厚达 20 厘米的巨型木板，我到时，盖板刚刚被工程队用机械弄开。只见墓穴内盛满了水，墓穴四周同样是厚厚的巨型木板，由于长年浸泡在水中，年代久了，乌黑乌黑的。墓穴里的水大约都是干休所排下来的生活污水，成浑浊状，墓内有什么根本无法看清。大家围在墓穴四周议论纷纷，出什么主意的都有。工程队的人干脆找了根木棍在水里探探，水中立即发出陶瓷破碎的声响。大家一齐叫道："不能搅！不能搅！"

过了一会儿，支队联系了消防车来抽水。把抽水泵扔到墓穴里时，又发出清脆的陶瓷破裂声。

一个多小时后，水终于抽干了。只见墓穴中央有一口巨大的棺木，棺木四周摆放着许多坛坛罐罐，不少已经被打碎了。支队首长让大家别乱动，等文物部门的同志来了再说。

文物部门的同志到来后，让我们先把棺木四周的坛坛罐罐移出。工程队叫人下到墓穴里，把一件件文物搬上来，再由通讯班战士接过来，一件一件搬到值班室。

墓里的文物，如果不是之前弄碎，几乎都完好无损。搬出来后，大家好奇这些坛坛罐罐内装的是什么东西。结果令人惊讶，竟然能清晰地辨别出罐子里的杨梅、鱼骨头、大米、牛骨等等。一个小时之后，这些东西便氧化了，再也分辨不出是什么了。

文物部门的同志现场评估，说有可能是明朝或元朝的墓穴。

移出来完好的文物大约有50件，仅1件为小型铜鼎，碎在墓穴里的陶瓷不要了。听说在此之前民工还挖到1把古剑和1个铜壶，文物部门追问下落，早被民工当成废品卖给收购站了，不知后来追回来了没有。

　　在文物部门的监督下，工程队又费了好大劲将棺木盖打开。只见棺材里空空如也，底部一层稀泥，泥里分明镶着一副完整的人类骨骼，但骨骼已完全泥化。文物部门的同志下到棺中，仔细在泥里摸索，仅找到了一枚金戒指模样的东西。

　　文物拉走之后，大家议论纷纷，猜测着会不会给支队颁发一笔奖金。

　　四周的巨型木板后来都取了出来，每一块都是20多厘米厚、1米见宽、近3米长，几个民工都抬不动。这些木板全摆放在办公室到食堂的路边，20多块呢！文物部门说这也是文物，不许随意处理，等他们来拉。结果，直到我退伍，它们依然躺在那儿，竟然也没腐烂。现在想来，这些木板也许就是传说中的乌木。然而，当年这些乌木挖出后一直躺在那儿，任由风吹日晒，无人理睬，最终去处，不得而知。

　　晚上，所有参与搬文物的战士都说手痒。原先我还没感觉，听他们一说也觉得痒，赶忙又去洗手。用肥皂洗了还不行，又用牙膏洗了，双手冰冰凉凉的，才感觉好点儿。

　　半年后，文物部门来了通报：经过鉴定，是西汉时期的古墓，距今已有2000多年历史了。这也是宜春地区迄今为止发现的最早的古墓。他们还给支队颁发了锦旗。

十六

　　没想到章建强也在今年退伍名单中，他当兵才满两年，真让人意外！我俩认识虽然才半年时间，但关系较好。总得送点东西表表心意，可买什么呢？真伤脑筋！

　　请了假，和高庆国到文具店选纪念品。高庆国说，上回他和章建强逛街时，章建强说竹边镜很好看。我原本想买影集的，考虑再三，最后买了竹边镜和一本每页都有一道谜语的日记本。高庆国买了塑料笔盒及圆珠笔、铅笔、碳素笔等。

章建强原本是直属中队的，当兵前学过油画。有一回，他还拿着一幅油画让我提意见，还想说服我给他当模特，我没答应。后来他调到了市中队。

我们到市中队后，让章建强换上便服看看——裤子和皮鞋都挺合身，衣服却有些短，穿上像个孩子似的。

章建强的东西特乱，似乎不太懂得整理。不知他从哪儿弄来一个特大号纸箱，准备把东西一股脑儿装里面，说是要打电话叫家里人开车来接。他父亲是景德镇某瓷厂的厂长，他让我们退伍后去他那儿玩，能帮着买到正宗的景德镇瓷器。

回来时，约好次日上午八点半在宜春照相馆合影留念。

次日早饭后出发时，李向民也嚷着要一起去。3人从支队后门经地委、浮桥再到丁字路口。路上，高庆国和李向民不知为什么谈到了死人。高庆国说他这辈子还没见过死人呢！

过浮桥时，见另一端围了许多人，远远看见水面上浮着一具死尸，让浮桥的钢线挂住了，样子挺恶心。李向民、高庆国两人大叫晦气，说是刚才乌鸦嘴说坏了。

到照相馆，章建强还没来。李向民要先去买纪念品，让我陪他去。我和李向民进了百货商店，到三楼选来选去，最后买了本影集。回到照相馆，章建强已经到了，4个人合了影。

出了照相馆，见大街上不少刚刚应征入伍的新兵穿着陆军军服，仿佛看到去年这时候的自己。时间真快呀，离家整一年了！

十七

最近，右手臂总莫名其妙地疼痛。到卫生所找所长看，所长拿了"强筋松"给我，说是吃吃看。吃完药后浑身无力，昏昏欲睡，像吃了安眠药，眼皮都撑不起来。

屋漏偏逢连夜雨。连续3天中午没得休息，其中1个晚上还开了1个多小时的电话会议，以至于在总机上值班时，直接累趴在机上睡着了。

这天中午，最担心的事还是发生了。

部队规定战士不能戴手表。为了按时开广播，我花5块钱买了块电子表。买来没多久，调节时间的按钮不小心拧断了，再也无法调时，结果越走越快，现在已整整快了近30分钟。问题就出在这表上。

按要求，中午一点五十分放号起床，两点正式上班。我醒来时，看了一眼电子表，上面显示是两点二十六分。实际上，此时已迟了6分钟。但脑袋一时迷糊，误以为是电子表时间两点半放号。觉着还有些时间，于是不紧不慢地开了电源热机，到了点之后，徐徐放出起床号，准备待换上轻音乐后，再穿衣服。一切似乎没什么不妥。

忽然，门"砰砰"响了起来。"谁？"我吓了一跳。没有回答。"砰砰"声更响了。"谁？"我又问。"开门！"声音十分粗暴，这是蔡副参谋长的声音。我回了一声"等一下"，慌忙去穿裤子。可一慌张，一条腿怎么也穿不进去。这时天气已有些冷了，早已穿了秋裤，午睡前脱裤子的时候，是军裤连带秋裤一块儿脱的，所以这会儿怎么也穿不进去。门外"砰砰"声更大了，同时大声嚷道："开门！开门！怎么还不开门？在里面搞什么名堂？"砖木结构的楼房隔音效果极差，这么大的嗓门整座楼都听见了。

我好不容易穿上裤子，来不及穿上衣就先开了门？他一见我还穿着背心，好似吃人一般吼叫起来："才起来呀，现在几点了？两点上班，现在是几点了？你开广播叫别人起床，难道还要别人叫你起床不成？"

不等我回答，他又嚷道："为什么不开门，让我在外面等了这么久，到底搞什么名堂？"转头看见被子还没叠，又道："被子还没叠，是不是放了号又钻进被窝了？"说着朝政治处方向大声喊道："放了号又躺进被窝，大家看看，都什么时间了还躺被窝！"

政治处李副主任此时正好经过，见状附和说："放了号又躺被窝，这怎么能行？"

我整个身子不由颤抖起来，脸上的肌肉一抽一抽的，一句话也说不出来。

等他走了，我关上门，心里憋屈极了。不知不觉，泪水像断了线似的顺着脸颊往下淌，真想大喊一句：你们有什么权力这般指责我？

当初，我接手广播工作时，就反映了没有闹钟的问题，担心会误了放号。我先找了廖秘书，廖秘书说找李管理员。于是我去找李管理员，李管理员说找参谋长。我鼓足勇气去找了参谋长，参谋长说这事儿找李管理员就行了。最后，我也不知道要找谁了。当时我就想：误了放号别怪我！

虽然心里这么想，但依旧认认真真，尽量准时准点。几个月下来总共失误了3次，第一次提前了10分钟，第2次推迟了10分钟，这是第三次。每一次误时都听到一片批评声，也都知道是没闹钟惹的祸，可闹钟的问题始终没解决。如今想来，大约是司令部与政治处办公经费分开结算，谁都不想出这个钱的缘故。

没有闹钟，如何掌握时间？真不知道这么长时间自己是怎么熬过来的。

再者，如果不是这几天吃药，也不至于睡过了头。也怪自己平时太认真，中午收完传真后几乎不敢睡觉，牺牲了无数休息时间，受苦受累却换来了一顿臭骂。上回扩音器烧了，也被王参谋长一顿狠批。平日里辛辛苦苦的努力，瞬间化成了泡影……

小会议室里，几位首长正在开会，隐约听见正说着广播的事。首长们一定都认为我放了号又去睡觉了。完了，在首长们的眼里，我成什么人了？越想越伤心，泪水又不由"扑啦啦"往下落。

不准戴表！！！

不买闹钟！！！

我越想越气愤，抓起那块破电子表，走到阳台，狠狠地朝水塘扔去。仿佛这一扔，能把所有的愤恨和不满都发泄出去一般。

过了一会儿，我走出房间。廖秘书见了我，委婉地说："放号的时间是这样的，上午上班是几点几分，下午上班是几点几分……"

天哪，我开了这么长时间广播，难道连时间也不知道吗？反正表已经扔了，明天如何放号，我不知道。不能再傻傻地一个人干三个人的活了！对不起，我没有分身术！

十八

支队给直属中队两个到九江培训边三轮摩托车的名额，中队指派刘学庆和乐璟琪去。今天是出发的日子，乐璟琪两天前就说他带的东西不少，让我送送他。

夜里十一时零七分的火车。晚饭后不久，我便与乐璟琪出发了（刘学庆也有老乡送，各走各的）。我们计划先到市中队，在那儿看完电视连续剧《陈真》后再去火车站。经过县消防中队时，曾清福恰巧站在大门口，得知乐璟琪要到九江，非要送，还抢过了自行车。于是，曾清福推车，我俩一左一右在后面扶着车架上的行李。曾清福上身穿着一件运动衣，下身穿着军裤，我俩像是在后面押解他一般。

到市中队后，几个人坐着聊天。曾清福有些大舌头，说话总是含糊不清，把大家逗得一阵一阵发笑。平日里在县消防中队，大约极少有这样的氛围。这会儿，受笑声感染，话越来越多。

才过了一会儿，这家伙就要求回去。我说看完电视送了乐璟琪再回，曾清福坚决不，又不愿走路，非要我用自行车送他。我说："这怎么行？哪有送人送一半的？"他却说："送到这儿已经够意思了，后面就由兆城、依平接着送。"我说："兆城一会儿要站岗。"他说："不是还有依平吗？"

见我和曾清福争执，兆城、依平就劝我和他先回去。临走，大伙儿都站了起来。兆城、依平笑哈哈地握了一下曾清福的手。兆城打趣说："慢走，慢走！到了九江，我一定给你写信！"说完自己先笑了。曾清福又用他那半家乡半普通的拗口的话说："到我去，你们人人都有信！"大伙儿又笑了一阵。来到中队门口，曾清福感叹道："我中队只我一个人，一个老乡！"弄得我骑上车了还止不住一路笑。

送曾清福回中队后，本想到公安处看《陈真》的，转念一想，不是可以骑车回去吗？这样他们就不用手提行李去火车站了！于是，我又骑车回到市中队。

看完《陈真》后，又看了会儿电视才出发。此时，大街上空空荡荡，一个行人也没有。寒风吹过，道路两旁绿化树那光秃秃的枝杆不住颤抖着，发出"呜呜"的声音，像是一只被斗败了的野兽，委屈地呜咽着。这时候开口说话，寒风直往嘴里灌，让人十分不适。

买了票后，遇到温参谋也在等车。他家住分宜，也坐这趟车。温参谋最近刚刚提任作训股股长。于是，我们围着温参谋聊天。说着说着，不知怎地，温参谋忽然说："去年真该多选几个像王福校这样高个子的新兵来支队！"我说："那宋振国为什么去了安义？当时好像也有选他的意思？"温参谋说："安义县从宜春划到南昌管辖，宋振国是被南昌支队从花名册上划走的，没办法。"我说："今年新兵连结束时好好挑几个像样的！"

送走乐璟琪，回到支队时，已近十二点了。

十九

梅达忠班长又来新兵连带新兵了。恰逢星期天，便专门去拜访他。正好李向民也想去轮训队，两人结伴而行。

到轮训队后得知，他前一天刚报到，有些疲劳，周末关门睡大觉，就没打扰他。

过了几天,上街买闹钟(终于同意买了)。过浮桥时,见一长溜新兵迎面走来,有一部分还穿着便服,袖子上挂了块三角牌,上面标着"W"字母。我正纳闷,突然听见有人叫我,一看是梅班长。他喊:"中午到我那儿玩。"我回答道:"没时间,下午得值班!"

隔天吃晚饭时,偶遇林培志。新兵连我俩是一个班的,他也分到直属中队,但不久就被派去培训汽车驾驶,没想到这么快回来了。和他一块儿来的还有一人,不知是哪个支队的,说是回来实习,半年后才正式领驾驶执照。

毕竟新兵连一个班的,跟他说了梅班长的事,邀他一块儿去轮训队。

我回宿舍取了50斤粮票,还带上一本名为《觉醒的警卫员》的书。上次跟梅班长通电话,曾说起他用的粮票都是从家里寄来的,还说如果有什么好看的书推荐给他。书是向梅赤峰借的,写的是江青的警卫员觉醒的故事。

快到轮训队的那段土路坑坑洼洼。由于天太暗,林培志双脚都踏进了水坑里,我也不小心把鞋弄湿了。

见面后,大家十分高兴,说起一年来的情况,就像打开了话匣子,怎么也说不完。我掏出粮票给梅达忠。开始他死活不要。我说:"现在市面上粮票1斤才7分钱,又不是什么值钱的东西。"他这才收了。

快到熄灯时间了,我们要走,梅达忠坚持要送我们。我说别送了,他说晚饭吃得少,现在饿了,想到街上吃碗粉。临来时我一分钱没带,有些尴尬。林培志出钱买了3碗,又点了1屉小笼包,结果3个人都没吃完。

吃粉的时候,梅达忠说:"今年的新兵和去年的比差远了，不少赣州来的连普通话都不会说。"我说："不可能吧？"
梅达忠说："真的，比你们这批木多了。"

二十

快年底了，机关安排 3 天搞年终总结。第一天上午，由
周政委作动员，之后安排各部门自学《决定》及其他文件精神。
司令部人散，无法集中，让通讯班自己学习，却没给我们学
习材料，一上午在相互猜谜中度过了。

下午，个人总结，我值班逃过了。听说没发言的，明早
要接着发言。明早也是我值班，又可以逃过了。我最怕的就
是自我评价，多难为情呀！

中午收到了姐姐的来信。信中说，希望我今年能拿个嘉
奖。拿嘉奖并不难，也许这回真能拿一个。话说回来，在机
关能拿个嘉奖也不容易！

第二天下午是评功评奖。司令部应参会人员只到了一半，
大伙依次提名。祝参谋打头炮，他第一个提名李忠华，接着
又提名公安处的两位。这时，李忠华已接任班长。廖秘书第
二个发言，提了李忠华，又提了我和老魏……干部发言完后
轮到战士发言，多数人都提到了李忠华、老魏和我，肖开来、
郭吉赣没人提，只有我提了李向民。立功人员没人提到，最
后说把大家的意见集中后，报首长研究。

天气又降温了，午后还下起了小雨。近来电压一直不稳，
害得我广播不敢开。找来电工查了，才知道是民工乱接线导
致的，把他们的线拆之后便正常了。

第三天上午，到征求意见环节，又轮到我值班。最后半

天是部门总结，到会的人少得可怜。温参谋带头说了几句后，协理员啰哩啰嗦了一大堆，不过说得十分到位。他从吴明华退伍时因没有解决组织问题闹情绪说起，要求大家平时要努力学习、勤恳工作，积极争取进步。接着，又提到一些总机上、工作上该注意的一些问题。几个通讯班的都在，我不知协理员是针对谁，应该跟自己没啥关系。前几天，支队长在早会上也批评通讯班经常在总机上聊天扯皮。我回支队后，几乎没干过这事儿。

协理员最后才说到我。说我比较稳重，但反应不够快。尤其是接受任务时，一声"是"不够响亮。孟参谋听了忍不住插话说，我性格像小姑娘，讲话细声细气。协理员还说，晚上不要太晚休息，上回副参谋长发火，就是因为我迟开了广播。我心里有点儿不快。我是太晚休息吗？明明是没空休息和其他原因造成的！不过，我讲话声音的确不够响亮，今后一定得改！

过了两天，祝参谋来跟我谈话，说李忠华将到司令部任文书，郭吉赣去公务班，李向民去公安处，蔡裕忠回支队任班长，并且解释说，这次没让我去公安处，主要原因是考虑在那儿组织问题相对难解决。他还说评功评奖时没提我，是知道别人肯定会提我，鼓励我不能停留在嘉奖上，争取明年立个三等功，让家人高兴高兴。末了，他猜我在家一定是个宝贝，而且是唯一的宝贝。

这祝参谋，不仅做事东一榔头西一棒槌的，眼神还不行！

二十一

魏祥朝的父母忽然来部队探亲。

我下午没班，去看他父母。我并不太注重老乡关系，对战友的态度都一个样。他父母来了，另当别论。再说，支队机关现如今也就我们俩是福建大田的。

魏祥朝的母亲长得十分消瘦，满脸皱纹，实际年龄应该还不到50岁，却像60多岁的人。由于不会讲普通话，从头到尾没说几句，还要靠他父亲翻译。魏祥朝的父亲其实并非他生父，是他亲生父亲过世后，上门来和他母亲搭伙过日子的。魏祥朝原本就为这事儿糟心而跑出来当兵，没想到他们连招呼也不打就跑来部队。

这时候，天气虽然有些冷，但正午前后，阳光普照之时，还是挺暖和的。魏祥朝的母亲大概身体不太好，没事就晒太阳，在阳光下缩着脖子，两只手藏在袖筒里，衣服打着几块补丁，让人一看就知道家中十分困难。我不由产生想帮助他们的冲动。

第二天一早，我请了假，和李向民换了班，带魏祥朝和他父母去市里逛逛。从小山村到大城市一趟不容易，总要见见世面，回到家乡也好跟村里人说道说道。

一路上，魏祥朝不说话。看得出，自从父母亲来部队，他的脸上始终流露着不愉快的表情。再者，他刚从铜鼓调上来没多久，对宜春市里情况还一无所知，也无从说起。为缓解尴尬气氛，我不停地跟他父母拉呱，一路解说，像个导游似的。魏祥朝父母的衣服上都带着补丁，而且还不少，这点让我有些不适。

　　我先带他们到照相馆照了相，然后又带他们去了公园。门票每张1角，我掏钱买票。也许是时间太早的缘故，2元的竟找不开，而我零钱只有8分了，只好招呼魏祥朝。他出了3角2分。到公园里转了一大圈，没什么看头，只有菊花开得千姿百态，争奇斗艳。动物园里的动物也不多，孔雀、猴子、熊、梅花鹿他们是第一次见到，倒也没白来一趟。

　　下午找了周助理，把江西粮票换成全国粮票，凑了80斤，又想起还有块新塑料布，一并给了魏祥朝父母。

　　第三天上午，才八点半，魏祥朝就嚷着要送他父母回去。我只好带他到后勤处打了张借条，借了30元。原本中午一点多的火车，吃了午饭再走完全来得及，可魏祥朝硬说来不及，午饭去街上吃。

　　我赶忙跑到服务社，"老革命"（一名老志愿兵）的老婆在这里上班。自从电视里播了《陈真》之后，她的头发就学电视里日本女特务的样子歪扎着，东施效颦，看着让人发笑！在店里四下瞅了瞅，也没啥好东西，最后买了1听麦乳精、3包饼干，让魏祥朝父母带着路上吃。

　　因为要开广播，只能让他们先走。午饭后，借了辆自行车往火车站赶。一路上，该死的自行车嘎嘎地响个不停，怎么也骑不快。到火车站时，已经十二点半了。火车终究还是晚点了，在火车站待了1个小时，上班开广播时间快到了，大家都催我回去。我犹豫再三，还是回了。

　　还好兆城也来送，否则真有些难为情。

　　回来后，见李忠华班长刚刚收了份传真，可黑乎乎一片，根本看不清。只好打电话给总队，让他们再发一遍。祝参谋安排我每周二、五教他们收发传真，今天正好星期二，下午让大家都来练练。

二十二

雨，淅淅沥沥，一阵停一阵落。天空被压得很低很低，仿佛快要与大地合上似的。池塘边的柳树早丢光了树叶，剩下光溜溜的枝条在雨中瑟瑟发抖。最近正修建礼堂，弄得路上满是泥泞。这连续的雨天，真让人郁闷。

我在值班室值副班，缩着手脚，静静听着屋檐下"滴滴答答"的滴水声，心里祈祷着："快晴天吧！"这段时间很多人都感冒了，一个传一个。我也被传染了，呼吸不畅，滋味不好受。

上午，机关把火炉从仓库里搬了出来，让各科室去领。我把值班室的领了来。接着，忙着安装炉子和排烟的管子。车库那边在分煤，我赶去搬，好重！

煤弄来了，开始生炉子。一连生了 3 次，火都没生着。最后不得不找人帮忙，这才生着了。

通讯班与公务班分开后，并没带来多大变化。只是肖开来到 182 住院了（从医院回来后直接去了某个中队），这会儿只剩下 3 个人值班。同样是 3 个人，公安处的 3 个人要比这里轻松多了。机关这儿要值副班，还有许多的卫生区和临时公务，3 个人连轴转。偶尔出门，大家都说有日子没见着我们了。

晚上，到卫生所拿感冒药，碰见李管理员。他参加文化课补习，数学作业不会做，过来找汪荣高教他。我一看是初一第一册的，见汪荣高没空，就教了他几道。也许是年纪大的缘故，他反应特慢，看得出上课根本没听进去。不过，做作业他倒十分认真。做完后，他说让我以后多教教他。经他一提醒，我忽然想：我何不也找个人教教自己数理化呢？对，就汪荣高。李管理员走后，我一个劲地恳求汪荣高。他一直不松口，但经不住我软磨硬泡，总算是应了。这下好了，有人教，也就有了监督，这样肯定能学得进了！如果能在汪荣高的帮助下学完课本，将来无论参加什么样的考试都不愁了，即使没在部队考，回到地方也一定会用得上。

几天后，我很快发觉汪荣高在敷衍我。也许我根本不是读书的料，又或许命该如此，算了吧！

心情不好，人也倒霉。

之前因为工地的民工乱接线，导致电压不稳，后来把民工的线拆了，谁知他们又偷偷搭上去，结果扩音器又烧坏了……

接到通知，1月1日起，通讯班到直属中队就餐，已经发下来的伙食费要统统交到中队去。

二十三

这天，李忠华通知团员中午开会。

到齐后，大家围着炉子团团坐定。我数了一下，共11人。

第一个议题是表决高庆国、周永明两位战士的入团申请。李管理员将两人入团申请表中的内容认认真真地念了一遍。先念周永明的。当念到家庭主要成员和职业时，内容是这样的：父亲，理发；母亲，待业。我听了笑得前仰后合，止也止不住。其他人也跟着我笑。周永明大概正好患感冒，在一旁一个劲儿地咳。不知他母亲岁数多大了，还在待业。

　　李管理员念完后，大家举手表决通过。高庆国入团，我可是介绍人，他的档案中将永远保留着我在他入团申请表上写的几句话。

　　第二个议题是评选优秀团员，照例又都提李忠华、蔡裕忠。李忠华倒过来提自己的老乡陈年生。唉！有什么好评的。每次都是大家一股脑儿评给班长、副班长。班长则提与他们关系要好的。如果我是班长，不用说，大家肯定都评我。

　　上班后，又通知开会。这次是协理员召集的，是关于报考干苗的事。机关有6人报了名，名额却只有3个。

　　开会前，支队长忽然走进来发了一通火，说最近通讯班接转电话时总问"你是谁"，太没礼貌，基层反映很大！我一时有些莫名其妙：前不久刚刚规范了文明用语，怎么会出现这种情况呢？一想，一定是上回祝参谋规定，为防止中队与中队之间战士互相打电话聊天，只要是中队的电话，一律要问清楚姓名、职务才给接。我当时觉得有些不妥，却又说不出反对意见。不料支队长偏偏因为这个发脾气。

　　倒霉的通讯班，真是老鼠过风箱——两头受气！

　　这天一早，我正给炉子生火，韩协理员把我叫了过去，说今天李忠华他们几个参加"干苗考试"，总机由我一个人顶着，也不用副班了。若要拉屎尿尿，就先把总队的线接到值班室，把公安处的线接到司令部。我连连点头，心想：这倒是个好办法！

　　谁知，他们中午也不回来，我憋了一上午的尿。没办法，只好用上了韩协理员说的法子，将总队的线接到值班室。司令部已下班了，我也插上，再将两个通话键同时打下，这样两路电话都串联了，司令部没人接时，值班室也能接。做完

121

这些后，飞快地冲向小便所解手，又匆匆跑到中队打饭，再一路飞奔回来。

一边吃饭一边接转值班室电话时，听到值班室里市话也响了，值班干部放下内部电话先接市话。我在总机上听得清清楚楚——高庆国的母亲来了，在车站，让高庆国去接。我知道高庆国出去了，心里特别着急！其他人都考试去了，找不到人代替，要不然我可以帮着去接。忽然想到公安处，一个铃振过去，对方是蔡裕忠（蔡裕忠还没回支队）。问李向民在不在，说考试去了。对呀！李向民也参加考试了，怎么给忘了。又问梅赤峰，结果也不在宿舍。干着急了半天，什么忙也没帮上，坐在总机前发闷，一只手不断拨弄着拨号盘。后来值班干部是如何通知的高庆国，不得而知。

晚上，李忠华和郭吉赣考试回来后去看电影了，支队给的票，还是《南拳王》。我只得继续值班——没有比较就没有伤害！回支队后，不仅常常没有休息时间，而且连看场电影都成了奢望。正惆怅，忽然停了电，便把收录机拿到总机房放音乐打发时间。

第二天上午还是我值班。憋得难受，就让值副班的李忠华班长替我一会儿，自己跑到高庆国的母亲那儿坐了坐。本想只坐半个小时的，结果一聊聊了近两个小时。高庆国的母亲是个文化人，天生带有一种知识分子的气质，说起话来知书达理。她说这次回老家看望老人，因为顺路，临时决定来看看儿子。

二十四

今年直属中队分了 12 名新兵（市中队也分了 12 名），

其中几名特别想到通讯班来，经常主动跟我们套近乎。我也利用吃饭或其他场合了解下他们，看看谁比较适合到通讯班。蔡小军和蓝涤尘还来总机房和传真室参观过。蔡小军个子不足一米六，一张娃娃脸，很可爱；蓝涤尘黑黝黝的皮肤，跟《牧马人》的主角朱时茂长得完全是一个模子，活脱脱一张明星脸。蔡小军说，可能会让他去学报务，可他对总机更感兴趣。新兵中数这两位普通话讲得好。

近几日，总队的通讯线路一直有故障，我们可以摇过去，他们却摇不过来。晚上九点了，总队04号传真员忽然来电话问传真什么时候收。我反问："是啥时候的？怎么没通知我？"她说："总也摇不到你们那儿呀！"

我说："04，马上收。"

收完后，躺下睡觉。十一点多钟，公安处一个电话过来，又叫收传真。我穿上大衣上机，却只收到了最后2页，还是总队来的电报。因为通知不到我们，等公安处转告再上机晚了，只得又补收前面4页。收到第1页一看，是特急电报，我急忙通知值班室。

值班的是曹股长，我一边收，他一边等，一张张收了拿去。原来是长沙3名持枪杀人犯的通缉令，要求各地严密注意动向，时刻准备缉拿罪犯。总队强调，要像追捕"二王"那样，只要进入江西地界，绝不漏网。

次日晚上，星期六，电视播放《女奴》。前两集没看成，今天看的是第3集。正看着，公安处一个电话过来，叫过去拿传真电报。我向协理员借了自行车就跑。到了那儿，小徐还在不紧不慢地复印，内容是关于长沙"一·九"案件罪犯特征的通报。

又过了一天，传真里说其中一名罪犯已被捕，另两名下落不明，估计向南潜逃的可能性较大，萍乡、宜春、鹰潭尤其注意……

这件事开头动静闹得挺大，后来没了消息。据说根本没往这方向跑，在别处被抓了。

直属中队最终没把蓝涤尘分在通讯班。蓝涤尘很委屈，找我诉苦。我打电话给祝参谋报告这件事。祝参谋说："这怎么行？"蓝涤尘是我亲自到新兵连挑选的，说不给就不给了？还说这事他会处理。然而此后祝参谋一直没上班，据说到上海旅游结婚了。我去找孟副参谋长（刚刚提拔的）。孟副参谋长说，他知道这事，中队领导汇报过，原因是蓝涤尘身体条件比较好，有可能成为军事素质最好的战士。今年分到中队的，有几个不但个子小，而且一看就知道根本没法训出来，所以综合考虑，建议蓝涤尘留在战斗班。

看来，就算祝参谋回来，也"回天乏术"了。

二十五

最近，常常闷闷不乐，胃也不舒服，连续几天吃不下饭。

前几日，机关食堂来了车煤，李管理员让我去帮忙。我帮着卸了半车，弄了一身煤灰，又帮着抬了大米。干完活到中队吃饭，大家都用异样的眼神看着我。干了这么多话，想不到还是吃不下饭。中队的伙食比机关差了不止一个档次。

这天午睡起来，见中队在铺路，就主动上前找活干。先用板车把中队食堂前面的那堆碎砖碎石运到路上填了，又是装车又是推车，出了一身大汗，晚饭忽然能吃下了。

次日早饭后，中队指导员问我是否有空。我说上午休息，下午有班。他问我能否接着帮忙铺路，我犹豫了一下，还是答应了。

现如今，通讯班归了中队，干活的时候两边叫，有好处时两边不管，我们也不知该如何是好了。

不知从什么时候开始，下基层中队锻炼的念头一直在我的脑海里闪现，不断缠绕着，赶也赶不走，总觉得自己待在通讯班是浪费宝贵的青春。是的，我想到中队磨练，去吃苦去受累，去做一名普通战士应该做的事。至少，将来回忆起来，也能无愧地说："我曾当过兵！"

我知道，要实现这个愿望十分渺茫。可如今的我，不知道自己为什么而活，时常有一种莫名的恐慌。至于慌什么，又说不清道不明。但是，有一点我心里很清楚，就是再不能这样下去了。

我开始找林参谋、曹股长他们提要求，让他们帮帮我。但是，他们都无一例外反过来劝我不要下中队。祝参谋回来后，我把自己的想法说了。这件事发展到最后，机关干部们全知道了，见面就做我的思想工作，而且个个一本正经的。特别是韩协理员，他是山东人，说话干脆，直截了当地问我："下中队的目的是什么？有什么好处？"我不善言辞，说来说去也没说清楚，最后被他驳得哑口无言。他说："一直以来，你工作都完成得不错，平常话不多，人老实，干活卖力，干部们都看在眼里。难道下中队更有前途？退一步说，真到中队了，也不一定会让你去训练，最大的可能是当文书。"他劝我以后别再提这档子事了。末了还说："这叫革命分工不同。"

我知道，大家都关心我，都是为了我好，可他们为什么都不理解我呢？我有些伤心。

二十六

快过年了，支队请了个油漆匠，要把整个办公楼都漆一遍。油漆匠是个年轻人，长得挺斯文的。他主动问要不要先漆传真室。我很高兴，趁休息时间，把东西全搬了出来，一部分放在总机室，一部分搬到配电室（总机安装后，机房楼下的房间成了配电室），把床铺搬到通往阳台的过道上，计划到中队住上几天。

晚饭时，跟中队干部说起住宿的事，他们没表态。饭后，我去公安处发传真，回来后接着收总队的传真，再把要发给附近单位的文件也准备好。到休息时间了，临时住宿的事儿仍没有下文，不得不把搬出的床又搬回来。

十一点时，总队突然来电话要试机。搞什么鬼？这么晚了还试机？虽这么想，可还是爬了起来。后来才知道，原来是总队维修机器，修好后任意找一家试机……

第二天没值班，到市里给几个单位送文件。从县消防中队到市中队，再到轮训队、教导队，最后是市消防队，绕了一大圈。回来后，一口气还没喘匀，就见老排长李其杰朝我走过来。几天前祝参谋打电话说，有人送酒来，让我代收一下。原来是他拿酒来。老排长说："有一种酒，祝参谋已经付过钱了，另两种没有付，一种每瓶5角8，一种每瓶9角，你想想办法，代付一下。"我忙去找魏祥朝借了钱付给他。两种酒各5瓶，一共7元4角。我只收到

10瓶酒，另一种付过钱的在哪里呢？到底怎么回事？我没好意思问，先将酒送到祝参谋公安处的家里，等他回来再说。

油漆匠漆完门窗，要漆地板了。我只得把传真机也移了出来，线路也拆了，要求他当天一定得漆好，否则耽搁时间久了，来了传真就无法应付了。

连续几天，我都睡在卫生队汪荣高的床上。他去总队参加考试，正好空着床。他和老卫生员王塘生住一间。王塘生每天和老乡玩到很晚。有天中午，他还在宿舍喝酒，吵得我无法休息。我一赌气，也不管中队领导表不表态了，直接把铺盖搬到了中队。

地板完全干了之后，我叫乐璟琪和余连生来帮忙，把一切恢复了原样。

这些日子，三天两头停电，有时还停水。今天是既停电又停水。刚搬进来，到处脏兮兮的。到池塘打了水来，仔仔细细地擦了一遍，把地板拖得干干净净。干完了，心里也像房间一样敞亮起来。

祝参谋回来后，闭口不提酒钱的事，我也不知要如何开口。马上过年了，还得给外祖母寄20元钱。但是，这20元钱还没着落，又得"拉饥荒"了！

二十七

市领导要来慰问部队，通知大扫除，大家都忙活起来。

快忙完时，协理员找人上街贴海报，我主动应承了。我以为一个人能行，可协理员又叫了中队的班长王建华。王建华长着一张娃娃脸，两腮上还带着红晕。不愧是当班长的，经验丰富！他找了个桶，调了浆糊，又找来自行车。我夹上海报，两人出发了。

　　其实就3张总队武术队、篮球队的表演海报，但找广告栏费了不少时间。幸好去时没换干净衣服，为了贴高点，弄了一身的浆糊。等我们回到支队，见大门口和办公楼都贴上了"欢迎……"的大标语。

　　因为漆油漆，几位首长办公室的桌椅等都搬到了走廊上。油漆匠昨天将这几间赶了出来，安排今天下午搬回去。我值副班，到三点了还不见他们来搬，心里着急，便去宿舍喊他们。大星期天，个个还在呼呼大睡。回来后，见楼梯下水坑的水漫了上来，于是找个水桶，把水打干净。今年雨水多，一到阴天下雨，这儿就自动出水。结果，足足打了40桶！

　　打完水，有干部叫我去买车票，是给总队武术队和篮球队订购26张旅游大巴车票。我二话没说，接过240元钱准备走。值班的方干事见我一直在忙碌，让我叫李忠华或徐郁文去。我到宿舍找他们，只有徐郁文在。他直接回了句："不去！"我只得换了衣服出发。

　　常常因为公务往返于市区，如果不急，多数走着去；如果事情紧急，只能厚着脸皮找高庆国、李管理员或廖秘书等借自行车。如果借不到，也只能走着去。路程通常少则七八公里，多则10来公里。

　　买完票回来，见走廊的东西已搬掉了，松了口气。昨夜一点多才休息，今天又走了这么远的路，累得没一点劲儿了。

　　晚上，大家都去看武术和篮球表演。我感到筋疲力尽，早早地在宿舍休息。

　　第二天，一切准备就绪了，静候慰问团到来。这时候，一个篮球队的人来找，说有两张票重号了。我只得再跑一趟，让郭吉赣上来总机替一下。他老大不情愿，嘟嘟囔囔道："他们都能去吃东西，就我们俩没得去。"我愣了一下，明白了，于是改变主意，决定下午再去换票。

十点刚过，忽然铃声响了起来，办公楼全体人员都跑到楼外列队。在一片掌声中，从轿车上下来几位大领导，握手、敬礼，然后到会议室……

利用中午时间，给老家写了封拜年信。高庆国去了南昌，两天没人送信了，我便一并把积压的信都捎上。听说我要上街，蓝涤尘又托我寄东西。我先到汽车站换了票，转到公安处向李向民借了钱（事先说好了），最后才去邮局，把该办的事都办了。这下，终于可以松口气了！

二十八

春节将近，支队机关杀了几头猪，还打算放了水塘的水抓鱼。没料想，水塘的出水口堵了。

支队长和李管理员两人，穿着背心短裤亲自下塘疏通水道。结果没挖通，只能抽水。然而，这么一大塘水，何时能抽干？我喜欢抓鱼，特别期待！

水塘在抽水，天却下起了小雨，水一直没见少。

腊月二十八，支队加餐，让通讯班也参加。下午是我的班。我估计，郭吉赣肯定是吃完之后再来接班。

果然不出所料，当我交完班赶到食堂的时候，只见后勤人员满满挤了一桌。司务长见我进来，惊讶地说："你还没吃呀！这样吧，那儿还备了一桌，你再等一下！"不一会儿，政委、科长，还有其他几个干部进来。同他们坐一桌难免尴尬，干脆打了碗米饭，到旁边的桌上倒了些剩菜回宿舍。大概是凉菜冷饭的原因，整个晚上肚子难受得很，觉也没睡好。

腊月二十九下午两点，不知是谁借来了渔网和"水裤"，李管理员开始张罗着抓鱼。我值副班，也想下水，可值班干部忙别的事去了，我只能站在值班室窗口向外张望。他们先在网下绑了些石头及训练手榴弹，之后吆喝着下了水。

水塘里的泥很深，在水中行动十分不便，不小心"水裤"还会进水。网拉到一半时，有两人陷在泥里，挣扎了10多分钟才出来。鱼儿们似乎明白末日将临，噼里啪啦，不断上蹿下跳。

原以为能看到一网几担的丰收场面，然而5个人折腾了半天，冻得脸都青了，最终仅抓了5条鱼。

晚上直属中队加餐，每桌仅8个人，十分丰盛。我这桌才7个人。有生以来，头一回旁若无人地大吃大喝，还到每一桌去敬了酒，大家都说我醉了。

除夕，我轮休。

因为昨天抓鱼不成功，李管理员不甘心。为了过年能吃上鱼，他决心再下水一遭。然而，今天他找不到下水的人了。我主动找他问："今天抓不抓？"他说："抓！你下不下？"我说："下！"到了塘边，他把一瓶四特酒递给我，说："喝口酒！"我一把接过来，一口气往嘴里灌了好几口，在场的人都吓了一跳。

当穿上"水裤"准备下水时，支队长来了，莫名其妙发一通火："说好了今天抓，你们偏偏要昨天抓，结果没抓着！今天说好下午抓，偏偏又要上午抓，搞什么名堂？再抽抽水，等下午水少点了再抓！"大家面面相觑，只得作罢。

因为灌了几口酒，我晕乎乎的，走到中队和大家打扑克牌，结果输得一塌糊涂。

中午没有休息，一直干等着。

两点整，抓鱼正式开始。下塘的人很少，只有我、李管理员和他的一个老乡。拉第一网时，不小心网翻了一面，仅抓了10条。这时，天又下开了小雨。在水里待了一会儿后，感觉体温在不断降低，水塘里的水也更加刺骨，同时也更刺激了。第二网收获更多，抓了20多条。中途，我和李管理员的老乡还陷到了泥里，怎么也出不来。当时全身麻木了，使不上力，累得直喘粗气，心想：不会就在泥里过年吧？最后，岸上的人找了根长木头推过来，撑了半天，终于出来了。彼时，一双手已冻成酱紫色。

除夕夜，支队、中队都开茶话会，我选择去了中队。

二十九

春节过得相当冷清，丝毫没有感受到节日的喜庆氛围，也许是初一到初三自己全在值班的缘故。

初三中午，忽然听到中队紧急集合哨响起。不一会儿，战士都上了卡车出发了。

总机上电话渐渐多起来，好像发生了什么大事。我听见值班室内吵吵闹闹，支队长、参谋长、主任、副参谋长都来了。看来真出事了，还是大事！

这时，陈副主任来到总机房，郑重地对我说："值班一定要在位，不能误了电话！"若是平时，我定会觉得他多此一举。这时他来交代，便一点也不奇怪。如果不是同时间要收传真或开广播，我何时离开过岗位，误过电话？

不一会儿，果真来了传真。原来是宜春县武装部武器库被盗，丢失手枪10支、子弹炸药若干。直属中队拉出去的战士，这会儿一个班在地委执勤，一个班在公安处备勤。

初四好不容易轮休一天，可这一天恰是传真最忙碌的一天。我抽空把年三十抓鱼弄脏的衣服洗了，还差点错过了晚饭。

蔡小军初五要到总队参加报务培训。他个子小，带这么多行李，又正值春运高峰，太让人不放心。于是，我和谢福州借了辆自行车送他。

到火车站后，我赶紧去排队买票。快到窗口了，一个空军战士上来让我帮他买张票，说是没时间了。我二话不说接过钱。终于轮到我了，可他乘的那趟车却不卖票了，因为列车已经进站了。我只好把钱还给了他，让他赶紧想办法先上车再补票。

当我提着背包带着蔡小军挤上车时，车厢里已经没座位了。我把放到行李架上的背包又拿下来放在地板上，叫他坐在背包上（预计会没座位，背包外裹了一层塑料布），又顺手帮一位女乘客把行李放到行李架上，才匆匆下了车。

第二天上午，蔡小军打电话说到新建了，我才放下心来。

除通讯班外，中队只留下4名战士看家。无意间走到中队宿舍，见一盆脏衣服还泡在那儿，忙问是谁的。石润生说是余连生的。余连生在公安处，谁知啥时候回来。待回来后身上衣服也该要换了，可新兵只有两套衣服。

趁晚饭时间没到，我赶紧去自己房间拿来肥皂粉，帮他把衣服洗了出来。

连续几天的阴雨天气，衣服很难干。初十下午，正想把余连生的衣服收起来，支队的解放牌卡车载着公安处的战士回来了。我忙上前帮着接枪、接大衣，忙着抬米、抬面，米和面大概是顺路买回来的。

听说案发后江西省公安厅厅长亲自坐镇宜春，难道案子这么快破了？

3月12日夜晚，忽然又听见紧急集合哨音。我跑过去，见值班员正忙着开枪柜，战士们上蹿下跳地找水壶、找雨衣、取枪……一会儿工夫，都全副武装起来了。干部们则集中到政治处开会。值班室内也坐满了人。办公楼外，汽车马达"隆隆"地响着，随时准备出发……可过了一会儿，又让战士们回去休息，等待命令。

看着别人全副武装的样儿，我觉得自己少了些什么……

夜里，直属中队悄悄出发了。他们先到公安处，在那儿分组。手臂上都系上白毛巾，配合公安实施抓捕行动。这次行动共抓获8个人，跑了2个，却依然没有案子告破的消息。

3月13日凌晨，直属中队再次行动。我在总机上忙活了2个多小时。中午时分，战士凯旋。这回终于有了结果。原来是宜春酒厂一群小青年盗的枪，中队配合公安直接把酒厂宿舍包围了。那些小青年啥也不懂，偷的子弹多数是步枪子弹，与手枪完全不匹配。他们见枪打不响，就打算将枪处理掉，还丢进水塘里一支。他们偷了炸药，却没拿雷管。虚惊一场！

惊动全国的大案胜利告破！

三十

分配到通讯班的另两名新兵终于明确，是梁晓越和张开忠。孟副参谋长让我们明天开始带新兵。

好长一段时间，只剩下我和郭吉赣两人值班，不是正班就是副班，没日没夜，直到徐郁文回来。这种情况下，值副班时，稍稍离开一会儿（总有洗衣服之类的私事），值班干部还大声嚷嚷。本来副班主要是为正班而设的，可实际上，不少干部值班时几乎不到值班室，让副班顶着。离开一会儿，反而说我们不像话。真是的，不像话的到底是谁？

两名新兵听说我和徐郁文各带一人，都来表示想跟我。我说不用挑，领导会决定的。后来，指导员明确徐郁文带梁晓越、我带张开忠。徐郁文调到通讯班仅20多天，自己刚刚才理出头绪。

司令部终于作出决定，通讯班不用值副班了，交给公务班。这决定来得有些晚，但总算还是来了。

这天，张兆城来电话告诉我，余依平马上要调到支队后勤仓库。我愣了一下，感到有些突然。

不过也好，多个老乡在机关，也多了个照应。

电话里，张兆城说他已经交了入党申请，问我为什么还不写。据说，今年发展党员的对象主要是1983年和1984年的兵。我也想写来着，可犹豫了好一阵子，最后还是决定不写。如今机关不管、中队不理，奶奶不亲、姥姥不爱，写了也是白搭。通讯班战士的现实表现和思想状况，中队领导一点儿不了解，又怎么会考虑我们呢？

前些日子，中队各班都配备了羽毛球拍、哑铃、拉力器、扑克牌等。指导员会上明确说各个班都有，通讯班却一样不见！开口要，仍不给，根本没把我们当作中队的战士看待，可一有劳动就想起我们，太气人了！

下午，余依平果然来报到了。

三十一

盗枪案侦破之后，江西省公安厅趁势开展一次法治宣传，需要录制专题片。所有镜头都拍了，就差武警部队出动的场面，要求支队配合录制。

真正行动时，只出动了两个班。为了制作效果，要求三个班上镜头。直属中队目前只有两个战斗班，通讯班人员分散各点，无法集中，只得向市中队借兵。谁想，市中队当天拉谷壳去了，只好让机关一些杂七杂八的战士拼成一个班。我个高，充当班长，背的还是冲锋枪。

录制开始："嘟嘟嘟"哨声响起，三个班战士火速集结，按事先的演练，快速有序地登车。上车后，两挺机枪架在车头上，我和另一个班长站在机枪两侧，汽车开动，驶出大门……"停！"最重要的一个镜头完成了。接着又拍了几个战士冲下楼梯之类的小镜头。拍完后，大家都很兴奋，纷纷说如果能在电视上播就好了，弄不好家人还能看到。我觉得大家想多了，这专题片应该只是作内部资料或宣用的。

过了一天，政治处干事说，盗枪案告破，公安处评功评奖，两次行动总机值班的也给嘉奖，是公安处评的。原先看中队行动之时感觉若有所失，没想到还能评上嘉奖。

支队要派战士到总队参加驾驶员、军械员培训。军械员

135

培训确定让蓝涤尘去，这对他也是个小小安慰。驾驶员培训则要通过考试选拔。梁晓越不知怎地也报了名，并且毫无悬念地胜过了其他人。我觉得他这样做欠考虑！当兵前差9分上大学分数线，完全可以考军校，考山西武警院校都不成问题。当了驾驶员后，若不让他参加军校考试，会后悔死的！

如果梁晓越走了，我下中队的事更没指望了。

三十二

大家期待已久的新式服装终于到了。新式服装最大的不同是有了大沿帽，有了肩章。

总队通知是5月1日全省统一换装。机关发放时，我就忍不住去试了试。自己订的服装大都很合身，特别是Ⅱ号的大沿帽正合适，唯独Ⅰ号短袖衬衣大了些。

抽空找了孟副参谋长，正式请求下中队锻炼。他答应说等曹股长回来研究一下，看看哪个中队缺人再行安排，尽量满足我的愿望。临走，他突然问，到市中队怎么样？我说不愿意。他又说，要不然直接到直属中队班里去？我郑重表示一定要到基层县中队。

终于轮到直属中队领服装了，而且还是直接到支队仓库领。1982年、1983年的老兵先领，我们在后头。我拉着乐璟琪一块儿坐在值班室等。值班的是温股长，没说两句便问："听说你想下中队？"不等我回答他又说道："傻瓜呀！千万别下去！能到机关是件多不容易的事！""实在不行，到我管理股来！""要不去开车也行！"听说支队要再配备一辆解放牌大卡车和一辆救护车，除了梁晓越，还需要一个开车的。我说对这些都不感兴趣，目前最担心的是不让下中队。他说："要下就下，要留就留，看你自己的。"

我听了有些激动。看来，这回应该可以下中队了。

新服装领来后，赶紧穿上试了试。一身的橄榄绿加大沿帽，感觉又威武又帅气！陈副主任撞见了，赞不绝口："小伙子穿上蛮精神的哟！"接下来几天，大家都在谈论新服装。他到处说："小王穿上最精神了！"

有了新服装，大家都想第一时间照张相寄回家。我和余依平、魏祥朝商量好了，晚上也去照相。

前几天余依平家里来了电报，说他父亲所在的农具厂解散了，政府让其回到村里。从集体企业工人到村民，思想有顾虑，所以让余依平回去一趟，看看是否有其他出路，但后勤处没批。昨天中午，余依平又打了个电报回家，让家里再来个电报。他想趁刚换装，穿着新警服回家显摆显摆。

我们到方方照相馆，见有几个人在开票、取相，便等了一会儿。下班时间马上到了，工作人员不愿再照，我们只能去宜春国营照相馆，没想到也正要关门，太扫兴了！余依平建议去春城馆，说有一回晚上九点了还敲开过。

果然如余依平所说，春城馆不仅敲开了，几个人还十分热情。我们换上服装，每人照了一张。我又分别和余依平、魏祥朝合了影。照完后，告之说明天下午就可以取。这样的效率太让人意外了，集体企业和国营企业就是不一样！

三十三

5月初，指挥学校招生预考，我没敢报名。因为除了队列以外，自己的军事基础几乎为零，文化课也没复习。但不知为什么，中队没征求意见，把我的名字报了上去，这不是让我难堪吗？接下来几天，机关干部碰到我就问："报了吗？"大家如此关心我，索性去试试，否则对不起大家。但我心里清楚，去了也是做做样子。

正如所料，我除了队列外，擒拿、单双杠、战术都不成样子。本来擒敌拳可以打下来，考时偏偏与梅赤峰分在一组，他在前面乱舞一通，把我也带乱了。考军事理论时，不少题目根本没见过，比如上哨前做哪些准备、捕歼中的任务是什么等等。中队的战士个个应该懂得，而我和梅赤峰压根儿没接触过。文化考试时，我放弃了。也好，知道了自己的底子，也清楚了未来努力的方向。

余依平终于可以探家了，批了7天假。我们都为他高兴。送他上火车时，大家也盼望着自己能有机会回家一趟。

下中队的事，干部们个个嘴上说没问题，可就是让人看不到希望。如果当初分在中队，这次考试不至于这么丢人。

现如今，通讯班夹在机关和直属中队之间，左右不是人。机关干部习惯了把通讯班当机关兵使唤，由此造成中队的活动少参加或没参加，中队意见一大堆。通讯班无论顾哪一头，都会得罪另一头。比如，前段时间机关卸谷壳，要通讯班去，中队却通知开会评选优秀团员。权衡再三，去了中队，结果把机关干部和公务班全得罪了。想想，如果那天我们作出相反的选择，中队又会怎么看待我们呢？唉！这样下去还怎么待？

三十四

乐璟琪参加摩托车培训回来有一阵子了，按要求要进行摩托车复训，规定要完成 500 公里。星期天恰巧休息，我陪他一块儿跑，顺便换换心情！

三轮摩托车在柏油马路上飞驰，我的心也像鸟儿一样自由放飞。路边白杨、梧桐从眼前忽闪而过，像在列队欢迎着我们。刚刚泛绿的水稻田如同一块块被检阅的方阵，连绵不绝。抬头望去，天空无比辽阔，头顶的朵朵白云，似乎跟着我们一路前行……

一个小时后，抵达 40 多公里外的万载县。这是江西省著名的烟花产地，产品远销北京、上海等大都市，甚至出口海外，是江西景德镇瓷器之外又一响当当的品牌。

万载县不大，县城中心地带十分别致。一条河从城中穿过，形成一河两岸特殊景观。河上有座石拱桥，方便两岸往来。河岸都安装了护栏，景色十分宜人。

中队坐落在公安局和检察院的背后，院内只有一座刚落成的小二层综合楼，楼右边是食堂。房屋前面的空地虽然挺宽敞，却凹凸不平，作训练场怕是不行。

我们在中队停留了约摸半个钟头。回来的路上，又转到 370 中队看了看。到了 II 号和 I 号洞口处，只见到几个战士，条件的确有些艰苦。到 I 号洞口时正赶上开库，一股凉风从洞里冲上来，说不出的凉爽。假如夏天能在这么凉爽的地方站岗，倒也不错。可惜，库不常开。

回到家已是十一点十五分。一照镜子，妈呀，像个黑李逵，头发被吹得根根竖起，赶忙洗洗打饭接班。

对了，在万载中队时，队长笑着问我下中队的事，还以为今天特来考察。我有些吃惊，最近基层干部碰见了都问这事，个个邀请我去他们中队。没想到上边还没定论，下边却早已传开。

三十五

又是一个星期天，乐璟琪邀我一块儿去萍乡，因担心有事没敢去，中队的胡传金、杨健去了。

闲来无事到通讯班的菜地看了看（到中队后分的地），发觉四季豆藤蔓已经很长了，还没插上棍子。回来找李管理员借把刀，到附近山坡上削树枝。削了30多根，把藤长的先插上了。树上大概有不干净的虫子，弄得浑身发痒。

中午，没见乐璟琪他们回来。下午四点多钟，见摩托车已然停在车篷里。听见李管理员在值班室大声骂道："一去就是一天，根本不是什么训练，明明是去玩，去兜风，还说谎！明明去了萍乡，却说是去分宜、下埠，真是操蛋！""把乐璟琪给我找来，把中队长找来！"情况不妙啊！

原来，乐璟琪他们到萍乡之后，找到萍乡支队的摩托车驾驶员，求他带路去安源，瞻仰一下伟大领袖毛主席到过的地方。每个人都怀有一颗对伟大领袖的崇敬之心，这无可厚非。不曾想，就是这个决定，惹了麻烦。为了方便，乐璟琪把摩托车交给萍乡的驾驶员。本来4个人乘坐边三轮就已经违反交通规则了，谁知不小心又在大街上带倒了一个小孩。小孩脑门上磕破了点皮，没什么大碍。因为是瞒着领导去萍乡的，他们就驾车跑了，却被交警记下了车牌号。

　　李管理员气极了，不但当场缴了乐璟琪的证照和钥匙，还狠狠地训斥了他一顿。中队长也未能幸免。回到中队后，中队长对着乐璟琪又是一阵"狂风暴雨"。"暴风雨"过后，乐璟琪脸上写满了懊悔，这大概是他生平遇到的最倒霉的事。胡传金、杨健也被批了。杨健没吃晚饭，气鼓鼓地去了学习室，估计写检查去了。

　　乐璟琪和中队长离开后，李管理员仍不住地数落乐璟琪。陈副主任在一旁忍不住摇头说："这样的战士太操蛋！出了事故，如果主动处理，何至于闹成这样？"协理员更加激动，说："上午让乐璟琪带老魏去给农场和射击队的战士理发，他不肯带，偷偷溜了。"其实上午乐璟琪跟老魏商量好了，先去加油，回来再带他去。等乐璟琪加完油回来找老魏，没找到，这才出去了。实际情况是：星期天老魏不太情愿去理发，跟协理员推脱说乐璟琪走了。况且开车带倒人的并不是乐璟琪，而是萍乡的驾驶员。乐璟琪一方面笨嘴笨舌说不清楚，另一方面不想把萍乡的驾驶员牵扯进来，想独自承担，以至被干部们认为爱骗人、爱撒谎，着实有些委屈。

　　我觉得，这些干部们的话委实有些过头！既然有500公里的实训任务要完成，总要让跑，却次次为加油的事求了又求。既然出去跑，往哪儿跑不是跑？玩一玩也没什么奇怪，年轻人的天性嘛，却被干部们说成"一出去就老子天下第一，想上哪儿就上哪儿，想干啥就干啥"，太伤人了！乐璟琪的事，明明有人可以证明，却要被说成"明目张胆不听指挥就擅自溜了出去"。

　　当然，也不是说乐璟琪他们一点错也没有，错就错在出事后没有主动去处理，而是选择了逃逸。这方面确实要好好教育教育！

第二天交班，干部们依旧七嘴八舌。支队长在气头上，又亲自把乐璟琪、杨健、胡传金叫到办公室一顿狠批。我在总机室值班，听见支队长越说越激动，还拍了桌子。之后，乐璟琪跟着中队长到萍乡处理这件事，直到晚饭时间还没回来。

可怜的乐璟琪，复训成了"复训"。

三十六

余依平探亲回来，兴奋地说起一路上的见闻。因为福建比江西晚换装，大家弄不清他是什么兵种，闹了许多笑话，特别是说到他与母亲到邻村走亲戚，亲戚远远地望见就藏了起来，直到他母亲喊名字才出来，着实让人忍俊不禁。余依平说得眉飞色舞，大伙的心被撩拨得痒痒的。

也许是我在信里无意流露出了想念家人的念头，姐姐来信问是不是想家了，要不要拍个电报来。我有些犹豫，回信说家里想让我回就拍，不想就别拍。

这天，中队正在上马克思主义理论课。下课后，张仁龙递给我一份电报，说是家里拍来的，门口站岗的代签收了——因为最近支队院内修水泥路，送电报的进不来。

我一时不知如何是好。最近通讯班人手少，要求探亲的都扎堆了。廖秘书值班，我就把事情跟他说了。他让我把电报交给中队指导员。我觉得交给中队一点用也没有，还不如烧了。

下午，温股长过来。不知怎么的，我就迎了上去，将电报递给了他。温股长看了看说："好吧，交给我！"

他向我了解了一些情况，还问了我母亲的身体情况。我告诉他，母亲有心脏病，曾晕倒过好几次。

第二天，温股长告诉我，上面没同意。这结果早猜到了，电报上"母病重"不够分量，换个"危"字就十拿九稳了。

温股长说："现在人手紧，李忠华、郭吉赣的电报还压着呢！不好批！"

我正考虑如何把这一结果告诉家人时，家里又来了一封电报。这回是从值班室转到我手里。

此时，正赶上徐郁文预考考上了，到总队体检。小高也去总队集训，蔡裕忠代替小高送信，总机值班暂时仅剩我一个人（梁晓越去培训驾驶员，张开忠去了公安处）。如此一来，根本不可能回去！我一冲动，"哧"的一声就把电报撕了。

过了一天，指导员刘木生把我叫了去，说："来了两次电报都不交给中队，是不是觉得中队对通讯班不闻不问？有意见可以提嘛！等机关干部告诉我们，工作就被动了。"最后他说："要查查看你母亲是否真病了，根据实际情况再作处理。"

过了几天，队长的电话打到总机房，问："你家在福建什么地方？"我愣了一下说："安溪。"他问？"啊？不是大田县桃源乡吗？"我说："家搬了。"他埋怨道："怎么也不说一声！"哼，明明是你们自己事先没问！

想了想，我给家里写了封信，让他们别拍电报了，等下中队后再说。

这天，下班铃响过之后，见司令部林参谋使劲儿朝我招手，我快步跑了过去。他悄悄说："不久你就可以下去了。""真的？什么地方？"我问。

"37吧！"林参谋说。

"370！怎么会？"我不知道为什么林参谋留着个"0"不说。

"不，是山区，铜鼓、靖安那边！"林参谋是福建安溪人，普通话不标准。

我兴奋极了，心跳猛然加速，连忙"嗯"着点了几下头。吃饭的时候，激动得汤匙都打不着汤了。

不知道啥时候能下去，会是哪个中队呢？

等了几天，不见丝毫动静，心又有些凉了。遇到曹股长，他告诉我，这次没问题，但要等上几天。

"丰城，怎么样？"他说。

我还以为是靖安呢，怎么成了丰城？管他呢，能下去就好，这回可别再变卦了！

丰城离南昌最近，条件不会差，而且在铁路线上，据说连山都看不着，可中队管理却不咋地。本来最不想去的地方就是丰城，但这会儿，能下去就谢天谢地了！

三十七

这天上午，我到卫生所，因为住院的吴松春要出院了。最近几个1985年的兵来住院，知道自己快下中队，就主动找他们了解了解中队的一些情况。没想到，我同吴文山、谢飞勇特别谈得来，出院时还有些依依不舍。吴松春是福建人，吴文山和谢飞勇是通过他才认识的，见我对他们比对老乡还热情，意见特大。

正说着话，突然有电话找。我有点儿不高兴，嘟囔着：
"说我不在就行了，还找到这儿来……"说着走过去拿起话
筒，声音很陌生，操着一口北方腔，怎么也听不清说些啥。
我反复问，还是听不清。卫生员谢志涛在边上一个劲吵吵——
毕竟是别人的地盘，也不敢让人住口。

半晌，终于听明白了，旋即大吃一惊，竟然是《人民武
警报》报社编辑部打来的！天！我的心一阵狂跳。前些日子
参加指挥学校的军事预考，背枪时枪带把肩章刮掉了一个，
问后勤的艾股长可不可以补。艾股长说不但补不到，还要写
检查。我写了封信到报社问这事该怎么办。大概是有回音了，
可对方语速偏快，听不清说什么。没办法，我说了句"请您
等一下"，然后以百米冲刺的速度冲到总机房，抓起耳机，
一边喘着大气一边说。好像根本不是肩章的事。我让他说慢一
些，终于模模糊糊地听到："你写过什么……""是问写过的
文章吗？"我问。

什么？什么？去年！去年的事！终于听清了，问去年是
否写过一篇小小说。哦！这是啥时候的事了？

"去年……我记不太清了。"我不敢相信报社能看上我
写的东西。

"你是叫王福校吧？你去年是否写过一篇《列车停站
十二分钟》的小小说？"

"写了，是我写的！"想起来了，那是我从南昌回来，
一时来了灵感写的。到今天，已过去一年零一个月有余了。

对方的声音逐渐清晰起来。

"还记得你写的内容吗？"

"记得。"

"你是第一次给《人民武警报》投稿吗？"

"是的。"

"以前是否发表过作品？"

"没有。"

"写了这篇后又写了什么？"

"嗯……又写过两三篇吧！"

"这篇小小说写得不错，我们决定刊用了。不会是抄袭别人的吧？"

"放心，绝不会！"

"假如是抄袭的，一旦发表，影响就不好了。所以我们特意问一问，你能保证不是抄袭的吗？"

"我保证！"

他挂了电话之后，我才想起没问他贵姓，晚了！

放下耳机，心中久久不能平静，第一次投的稿子终于有回音了！这一年来虽然又写了一些东西，但都毫无结果。听说投稿必须要有政治处盖章，否则一律不予发表。我不好意思到政治处盖章，所以都是白投。

12天后，政治处葛干事来机房找我，要求我把小小说的底稿给他看。我找出来交给他，他不断问这问那，弄得我有些不耐烦。

葛干事问完后回到办公室，立刻给支队政治处文化站挂电话，说已经核查了那篇小小说的底稿，连同我创作的经过、平时的作品等情况一一作了汇报。他讲话声音很大，我在机房听得清清楚楚。

葛干事汇报后又折回机房，说："刚才你听到了吧？胡耀邦主席指示，坚决抵制文学方面的不正之风，反对精神污染。

所以，文学作品发表当慎之又慎。《人民武警报》报社要总队核查，总队又让我们核查……"

讲到最后，他又让我保证，不是抄袭或模仿来的。

这是我心血来潮的一篇习作，投出后甚至有些后悔，竟让他们如此大动干戈。

受到鼓励，我把前些日子写的东西都翻出来，整理整理，连续投出了5篇，除了《人民武警报》，还投了《江西日报》《前线报》《故事会》等。我还把余依平探亲的经历写成了《探亲奇遇》——不过，这篇没投，权当练笔。

三十八

8月上旬，总队分配了一位电台台长到支队，叫杨辉。司令部决定，通讯的事都归他管。我在总队通讯中队培训时见过他，那时他是代理司务长，个子不高，挺和蔼，自己不爱吃胡萝卜，从来不买。真心希望他能把通讯这摊子好好管起来！

一天中午，杨辉来找我，两人一直谈到上班时间。他问我为什么老要"下中队"。见他直率，我也不藏着掖着了，毫不顾忌地把通讯班的处境以及自己受到的委屈一股脑儿地倒了出来。他听完后，连连摆手说："你不能走！这么多工作交给谁？"不仅如此，他还建议我继续坚守岗位，写份入党申请书。我说："我还是想走。实在不行，就直接去找参谋长。现在已不考虑进步问题，只求明年顺利退伍。"

许多憋在心里的话，倒出来后舒服多了。

杨辉开始分别找大家谈话，了解情况，准备好好规范一下通讯班的秩序。这天，我跟蔡裕忠闲聊，谈起杨辉。蔡裕忠说："他这样下去，没人会听他的。"我有些疑惑。蔡裕忠一脸淡定地说："杨辉要求我们早晨都要到中队出操，平日也要参加中队的一切活动，可他自己却跟报务的两个战士在机关食堂用餐；总机上规定不许扯皮聊天，他的电话比谁的都多，聊得时间又最长……长此以往，很容易失去威信。"

我认为蔡裕忠的话有失偏颇——杨辉不是中队干部，自然不参与中队活动，电话多应该是暂时现象。

几天后，杨辉又来找我。此时，我一边值着总机的班一边收着传真。收完传真，我们又拿出电话会议终端机试了试。他在一旁看着我干活，一边和我说话，一再要求我别再提下中队的事了，还说是参谋长要求他来跟我谈话的。

我白白高兴了一场，结果又是竹篮打水。

星期天上午值班，几乎没电话，心中特别郁闷，就到对面房间整理东西（以前从没这么干过）。不想，就在这个空档，参谋长连挂了两个电话。晚上又是我值班，吃完晚饭后到楼梯下盛点开水的工夫（刚刚装了电热水器），参谋长又挂来电话。他前两次已经很不高兴了，这回恼羞成怒，呵斥了一顿后，还电话告诉了中队长。中队长很快来到总机房了解情况，让我今后多注意。

参谋长呵斥我时，我心中豁然开朗，知道自己该怎么做了。因为是星期天，心存侥幸，以至于3个电话都耽搁了几秒钟。从这方面讲，我负有不可推卸的责任。但是，这件事也让我彻底明白了，自己受苦受累换来的永远是不理解。

我决定不再委屈自己！

队长走后，我开始奋笔疾书。第二天一早又用了一上午，密密麻麻整整写了 17 页纸。这是我强烈要求下中队的报告，报告里发泄了我所有的不满与委屈，准备抄正后递上去。

我还没抄呢，吃饭时就遇见参谋长。这时我的心情早已平静，满脸堆笑。他也一副和蔼可亲的样儿。他对我说："写份检查，这事就算过了。"我愉快地回答："好的。"

遇到杨辉，我笑着告诉他："参谋长让我写份检查，我已经写了，抄好了就交上去。"

杨辉见我神情有些不对，跟着我到传真室，一定要看我的"检查"。我只好给他看。他低着头，直到看完才抬起头，然后死死地盯着我，等我开口。我故意不看他，盯着杂志。他依然盯着我，像是要在我脸上找答案。

"写得怎样？"过了一会儿，我开口问。

他说："你铁了心了，反正都要走？"

"是！"我回答说。

"好吧！我帮你去跟领导说。但无论如何，这份'检查'不能交，里面写的事会得罪不少人。"并说，如果他协调不了，再交不迟，同时扣下了我的"检查"。

我同意了。

3 天后，杨辉通知我，通讯班严重缺人，经研究决定，让我回公安处。

再讲下中队已没任何意义！杨辉也尽力了！他来支队不到半个月，我却给他添了这么大的麻烦！

次日交完班，我打好背包，一个招呼也没打，只身去了公安处。

▲着八五式武警服装照

▲在支队机关总机值班

▲与通讯班部分战友合影

·

萌动的书写

·

一

一心想下中队锻炼，怎么也没想到又回了公安处。

公安处十分单纯，除值班外没什么事，工作之余就是看书、看电视、睡觉。

晚上回支队把草席和垫被拿了过来。因为下雨，耽搁了点时间，差点没赶上电视剧《再向虎山行》。在支队的一年多时间里，几乎看不上电视。部队规定平时可以收看新闻联播，只有周三、周六两天晚上可以看电视，但只能看到熄灯时间。周三、周六不是值班就是传真，从没像模像样看上一回。现在好了，不论什么电视都能看了。

现在，公安处长驻的是李向民和张开忠。梅赤峰因指挥学校预考成绩不理想，主动要求参加今年的骨干集训，刚去报到没几天。

刚回到公安处，既熟悉又陌生。总机上的布局和以前不大一样了，门数也增加了不少，许多插孔的位置作了调整，让人感到有些别扭。刚上机时甚至有些紧张，动不动像支队的总机那样振铃（两边总机振铃方式不同），一刻不停地工作到十一点，电话才少下来。数了一下，已经接转了109个电话（所有电话必须记录），比支队的量大多了。

不当班的时候，我便到外面租武侠小说打发时间，租金每天1角，一本接一本看。迷迷糊糊一星期就过去了，就连一直坚持写的日记都忘记了。胃口却一直不好，中晚餐都只吃3两米饭，每餐比别人少了1两。

周末打扑克牌时，却一改往日的晦气，怎么打怎么赢，手气好到不行。

心里挂记着是否有信寄到了支队，却一直没有，自己都开始怀疑了。

直到9月2日，蔡裕忠打电话来，说有一封信，是《鸭绿江》寄来的，想必是习稿批示寄回。晚上蔡裕忠有事出来，顺便带了过来，果然是《鸭绿江》寄来的。打开信，先看后面的批注，只见最后一页写道：

王福校同志：

你好！此稿我已阅，认为写得不错，决定推荐给"中心"。再请你略改一下，不要分一、二，因为是一首诗。再压一点，但内容不要大动，改后寄给我。

我不由高兴起来，连日来的郁闷一扫而空。

二

日记里，1985年9月6日之后，整整留下了近4个月的空白。在这近4个月的日子里，陪伴我的只是值班、吃饭、睡觉、看小说，别无其他。心中唯独祈盼着的，是希望来年顺利退伍。

那段日子里，发生过两件重要的事。第一件是我回家探亲了一趟。由于情绪不佳，给家里写信时，不知不觉说了些较为消极的话。家人紧张了，打电报到中队。这次是杨辉拿着电报来找我，我说明了家里的情况。杨辉与中队领导交涉，批了7天假，让我回去看看。

探亲前，到街上转了转。买了两个挂盘，是敦煌飞天的图案。买回来后才发觉不是景德镇出品的。给两个弟弟和侄女、外甥分别买了礼物，又把收集的硬币、火花等一并打包，免得来年退伍时行李过多。

当兵前，家还在大田县的桃源公社。当兵不久，家就搬到了安溪县城，住的是父亲单位分配的套房。

父亲单位全称叫福建省公路工程一公司，单位驻地在安溪县城最北边的小山坡上，农贸市场背后。我们家住的地方是单位的一幢三层楼。

家的环境变了，但所有的家具还是从前的，一进家门，一种熟悉而又亲切的味道扑面而来。两年不见，母亲头上多了几丝白发，两个弟弟个子都长高了。尤其是三弟，我离家时还不到我肩膀，现在竟然高出我一截。母亲说三弟得了骨髓炎，手术之后，担心会留下后遗症，医生嘱咐每星期给他买大骨头炖汤补钙。前半年每星期买两次，后半年每星期买一次，每次都用煤火炖 3 天。结果三弟不但没留下后遗症，个子还在那一年里蹿了 24 厘米。之前全家人都认为他是个矮个子，结果一下蹿高这么多，瘦瘦高高的，左看右看觉得身材不协调。

除了母亲、弟弟，家里还多出两个"小家伙"——哥哥的女儿、姐姐的儿子。

老家的习俗，家中老人过世后，儿子要么在 49 天之内结婚，要么守孝 3 年后再结婚。哥哥便在我去当兵 1 个月后成了家。过了 1 年，姐姐也出嫁了。

此时，哥哥的女儿才 13 个月，竟能够自己扶着栏杆上下楼梯；每天跟着母亲出去买菜，路上来去全都自己走。姐姐的儿子还不到 6 个月。两个弟弟上学后，母亲上街时只能抱着一个、牵着一个。

我很诧异，这小侄女竟如此厉害！母亲说："咱们王家的孩子个个走路早，最迟 11 个月会走，最早的 9 个多月就会走。"假期7天里，我每天陪着母亲上街买菜，帮着抱小的、牵大的。母亲浓重的山东口音竟能与当地说闽南语的菜农沟通，只是沟通过程每每让我忍俊不禁。

姐姐、姐夫的工作单位不远，每周都能回来。有时她跟同事调调班，还可以在家中多待上一些时日。弟弟们放学了，也能帮着带带小孩。母亲虽忙，却是开心的，只是多年的心脏老毛病，不能过度劳累，而且每天必须用药。

回家一趟，我总觉得应该帮母亲做点事。于是，回部队前，把家里的门窗及家具认真擦洗了一遍。母亲高兴地说："自从搬来后，还没这么彻底打扫过。"

探亲结束，回到宜春。听说高庆国已确定退伍了，这也是我要说的第二件重要的事了。我赶忙邀乐璟琪一起买了礼物。高庆国走的那天，中队组织送到火车站。不巧，轮到我值班。本想换个班去送，担心自己受不了离别的场面，就没去。

高庆国走后，过了些日子来了信，说安置在工商银行上班，工资还挺高。我和乐璟琪羡慕得不行。

三

1985年12月29日，是个星期天，天空中飘着几丝淡淡的云彩，阳光温暖地照耀着这座美丽的城市。我从邮电局出来后，环顾四周，心中忽然有种春天破土而出的萌动，鬼使神差地去了一趟百货，买了一本日记本，把停了4个月的日记又续上了。

元旦一早，我给每一位邻机问候了"新年好"。上班后，科里人见面都互相问候"新年好"；接转电话，也时不时来句"新年好"。

新的一年，新的希望，但愿一切都好！

次日，白天没班，大桥中队的田有势从182医院（部队医院）回来。我借了辆自行车，到汽车站接他。

来部队时，新兵大多十七八岁，田有势却是20岁。大家在当兵的第一年里都蹿了3~5厘米的个子，唯独田有势原地不动。第二年，大家都不再长个，他忽然蹿了七八厘米，十分反常。大家分析原因，都认为他第二年去养猪，有可能偷吃了催长剂。

接到田有势后，本来要直接去轮训队的，可他来时帮林参谋带了几瓶酒，只得先到支队。而我也正好想把入党申请书交给队长，一举两得。入党申请书写好后，心里一直打鼓，不知如何交上去。到支队时队长在睡午觉，就势委托给蔡裕忠。

到轮训队时，新兵们都训练去了，只有陈秉跃还在呼呼大睡。田有势将他拖起来，3个人一块儿聊天。我想找梅赤峰说说话，但他这会儿不知上哪儿去了。

梅赤峰参加军事骨干集训遭了不少罪，所有训练课目他几乎都没有基础，掌握动作又相对迟钝，一直被大伙儿当成笑料。好不容易熬到骨干集训结束，他终于舒了口气，以为可以回公安处了，可支队司令部通知，所有参加集训人员都得留下来带新兵。梅赤峰既不会喊口令，更不会带兵。分工时，只能让他充当文书兼军械员。大家见他闷头闷脑，时常拿他来逗乐子，尤其与他同宿舍的3人更甚。前几日新兵实弹射击，他负责发子弹，几个老兵强行从他那儿弄了些子弹。他忍气吞声，以至于剩余子弹与实际消耗不符，被队长好一顿批。

可怜的梅赤峰，这几个月里，一定受了不少委屈！

打算回公安处时，他们说晚饭后去看电影《超人》，票都准备好了。这片子李向民和张开忠刚看过，票房超级火爆。我正愁买不到票，于是，便留下来吃晚饭。陈秉跃在新兵连搞后勤，相对比较自由。没想到他请假时，队长就是不同意。我怀疑他平日太刺头，队长有意捉弄他。没办法，我俩只好把其中一张票退了。

电影是真叫一个绝！可惜，现实生活中根本不存在什么超人。

四

在支队时，李向民和张开忠两个人我都带过。李向民是83年的兵，工作积极主动，思想上进，但相对古板一些。而张开忠，永远一副吊儿郎当的样儿，说话没有分寸，喜欢抬杠。两个人性格反差较大，经常为一点小事发生争执。

这天，刚吃过午饭，两人又为一点小事争起来，话越说越重。不论是张开忠"骂你还不是小意思，骂你又咋地"的狂妄，还是李向民"中国是世界文明古国，你怎么开口就骂人"的说教，我早已习以为常了。正好宜丰中队的大田老乡来找，就同老乡进了宿舍。

到宿舍还没坐下，就听见外面"噼里啪啦"炸开了。我大吃一惊，难道打起来了？我急忙往外跑，才跑一半，就听见通讯科值班的小岳大喊："王福校！王福校！"

我预感不妙，快步冲到办公室。只见小岳站在李向民和张开忠两人中间，两个人绕过小岳，拼了命似的你一拳我一脚。小岳抱住李向民（李向民相对块头大些），张开忠趁机在李向民头上猛击一拳。我冲上去抓住张开忠一把推开……

原来，午饭后张开忠正掏着炉灰，李向民不经意间将炉上的水壶提下来朝碗里倒了点热水。因为炉灰冲了上来，张开忠张口一句"他妈的"，从而引发了纷争，又升级为"战争"。谁先动的手不太清楚。不过当时张开忠正掏灰，直接用手中的火钳指着李向民数落："骂你又怎么样？指你又怎么样？那不是小意思！"张开忠的语言风格一贯如此，也许他自己并不知道，言语里充斥着浓浓的挑衅。

此刻，李向民像是吃了亏。虽然我和小岳一人拦着一个，可他们还是不顾一切往前冲。张开忠那恶狠狠的眼神，李向民那气得发紫的脸，以及两人同样一副"拼老命"的样儿，我和小岳根本挡不住。一不留神，两人又扭打到一块儿。这一次，两人各持了一把火钳，"乒乒乓乓"地火拼起来。我和小岳顿时傻了眼。

李向民不愧是老兵，此刻大约意识到问题的严重性，开始转向防守。他在避开张开忠的进攻后，一把夺过对方的火钳，同时抱住张开忠往地上摁，想彻底制服张开忠。张开忠的脸被摁在地上，嘴角磨破了点皮。他"呸"了一口血痰，脸色铁青，呲着牙叫道："打死你！打死你！"看得我和小岳心惊肉跳。

好不容易把两人拉开，又扭成一团，我和小岳只能再次把两人强行拉开。此时的两人都十分狼狈，浑身煤灰。张开忠的样子更是惨不忍睹——满脸灰黑，鞋也掉了，本来只有1.59米的个儿，此刻却浑身充满杀气，让人不禁胆寒。

一群小孩闻声跑上楼来看热闹。这时，金大姐也赶了过来，见状大声训斥他们，两人这才偃旗息鼓。

大家散了之后，两人洗脸时又打了起来。这回是张开忠觉得咽不下这口气，提着那只掉了的高跟布鞋，冷不防朝李向民的脑袋门上砸去。我和小岳冲上去已经来不及，李向民的鼻梁被打肿了，额头上被磕去了一块皮，也弄了一脸煤灰。

事态总算平息了！好在李向民是老兵，又一心念着进步，所以下手有了分寸。张开忠是个吃不得亏的主，李向民不吃点亏他是不会善罢甘休的。

我心里有些为李向民鸣不平，但也只能是李向民大度一些，否则这件事会无休无止。

五

几天下来，李向民和张开忠互不理睬，样子挺滑稽。我一时不知如何在他们之间沟通调停，干脆也少说话。这下，3个人从原来的有说有笑都变成了"哑巴伙计"。

中队批了李向民的春节探亲假（超期服役方能享受）。他家在赣州，当天就能到家。

走之前，李向民上街买了不少糖果，晚上在我床上丢了一把，又丢了一把在张开忠床上。不愧是老兵，主动缓和关系，这一点令人刮目相看。

李向民走的时候，鼻梁上的伤痕还没好，不知道回去如何跟家人解释。

这天，王建华过来。高庆国退伍后，他临时接替运动通讯工作。他这次是来送传真电报发文的。同时，他还带来了我期待已久的喜讯：我的小小说在《人民武警报》上刊登出来了！乍一听，我有些怀疑——从报社给我打电话到现在，半年多过去了，我以为这事黄了。但王建华说的话，一定是真的！

这可是我的处女作！1984年5月29日寄出，到1986年元月24日刊登，这中间近20个月，天知道为什么拖了这么长时间！但不管怎样，终究是刊登出来了。第一次投稿能中，应该说运气绝好了！

《人民武警报》虽是一家省级报刊，但全国独此一家。因为版面小，上稿难度很大。政治处的饶干事搞了多年的新闻报道，也是最近才第一次上稿。而政治处专门写报道的战士小林说他投了300余次，一次也没中。

六

这年的新兵连结束了，要赶在春节前下中队。几个在轮训队带兵的老乡也要回去了，约了宜春市内的几个老乡一块儿聚聚，地点定在轮训队附近的马路边小店。

我原本不想去，因为要上夜班，通常五点半前就要打饭接班。但如果不去，老乡们会骂死我！而且他们听说我刚刚发表了小小说，要求我把稿费贡献出来，不去的话定然会说我小气。然而，稿费根本没收到。大概时间太久了，报社早把我地址弄丢了。

此次聚餐，花了22元买饭菜，10多元买了香槟、糯米老酒、白兰地和几听罐头。我出了10元，其余的他们分摊。

几杯酒下肚，大家的话都多了起来，话题多半是回中队后升任副班长、班长或争取入党以及年底能否退伍等等，个个感慨万千。张兆城则紧握拳头，蹦出鲁迅先生著名的一句话——"不在沉默中爆发，就在沉默中灭亡"。大家都知道，这是他时常挂在嘴边的座右铭。

因为赶着值班，我喝得比较急，而且喝了几种酒，头晕乎乎的，担心路上摔了，要求有人送我一段。陈秉跃说他来送。到轮训队路口时，我感到清醒了许多，就让他回去。

接班时已经晚上6点半了。事先跟张开忠说了最早6点回，让他多辛苦一下，所以还不算太晚。

临近春节，中队派石润生过来，这里又有3个人了。

经科长同意，我上街买了一口小铝锅和其他的一些餐具。刚回来，王晓文让我赶快找瓶子去装油，还拿了张纸条给我，上面写着：粉丝4斤、酒3瓶、油3斤、肉3斤、鱼3~4斤、腐竹3斤、鸡2只、皮蛋45个、鲜蛋3斤。

皮蛋早已给过了，并且已经吃光了。还有8样，其中粉丝、鲜蛋、酒已经放在总机房里了。柳科长说，春节不准备加餐了，给我们每人一件纪念品；除夕、年初一食堂不开火，自己解决。

下午葛处长和祝副处长（祝参谋父亲）来看望我们，问会不会做饭、会不会包饺子。我说会，请首长放心。他们笑哈哈地说，哪天包饺子叫上我们，还吩咐让我们去食堂领些米和面来。

快下班时，分鸡了，给了我们两只母鸡。不一会儿，秘书科老沈又提来1只小母鸡，说是分剩的。

通讯科分鸡时，郑玲和柳科长抽到大公鸡。他们想要母鸡，好留着下蛋，商量着跟我们换了。

东西给得差不多了，又说食堂可以打到饭，自己炒菜就行。

大年二十九上午，杀了两只鸡，一公一母。公鸡先留着，小母鸡拿到食堂蒸了，结果蒸得太烂，味道却很不错。午饭时3个人吃得特别香，每人还喝了一杯酒。

　　杨辉抽空过来，见这里的年货准备充裕，便不再担心。临走时他突然问了句："春节后让蔡裕忠回来，你回支队接运动通讯如何？"我一时不知如何回答。杨辉见状，说："考虑考虑。"

七

　　中队原定除夕中午加餐。

　　除夕一大早，值夜班的张开忠说中午不可能加餐了，因为中队出事了。不等我问，他接着说道："梅赤峰自杀了！"

　　"什么？"我怀疑听错了，"这怎么可能？弄错了吧？"

　　梅赤峰和我一同分到通讯班，又一同到公安处，相处半年多时间，我对他还是比较了解的。

　　梅赤峰不太爱说话，一开口瓮声瓮气的，还长了一脸青春痘，有事没事就对着镜子挤痘痘。说实话，我心底里曾经也觉得他脑子不够灵光，可他怎么就自杀了呢？不应该呀！

　　我一时无法接受，想不明白他用什么方式自杀的。当张开忠说是用冲锋枪时，惊得我半天没合上嘴。

　　整个上午，我都在打扫卫生，心里却怎么也绕不开这件事。梅赤峰是个老实人，虽然做事有时稍显怪异，可我仍觉得不可思议，也为他感到无比痛心。

　　中午，中队照常加餐。趁回中队，我打算去看看梅赤峰，送他一程，也算没白相处一场。

　　到支队一问，方知尸体已经送火葬场了。听中队的人说起他自杀的情形，心中更是五味杂陈。

　　原来，梅赤峰早就打定主意要自杀了，选择这个时候自杀，是因为春节巡逻配备了枪支和弹药。

梅赤峰是下半夜三点的班，由他带两名新兵到地委大院巡逻。回来时已经是凌晨五点钟了，梅赤峰让两个新兵先回中队，自己却上了支队后山的小高地。小高地是原先独立营的战术场，梅赤峰在山上坐了足足半个小时。这半个小时，他大约是在向这个世界告别，向父母、向战友告别。随后，他朝天鸣枪，射出4发子弹（或许是试枪），接着走到战壕里，坐下来，将枪托顶在战壕的壁上，枪口则顶住自己的脑门，然后扣动扳机……两颗子弹穿过了他的脑门，鲜血顺着两腮流下，染红了军大衣，染红了战壕……

梅赤峰使用的是冲锋枪，打的是连发！

因为过年，夜里不时有鞭炮声传来。第一次枪声响起，整个大院被惊动了。不少人疑心是特殊的鞭炮惹的祸，但有经验的老兵语气肯定：不会错，是枪声！中队紧急集合，发现少了梅赤峰，立即报告支队，同时展开搜寻。此时枪声再次响起，很快辨明了方位，找到目标。

大家在梅赤峰的衣袋找到了遗书，这是他巡逻前写下的。这天晚上，上岗之前，大家都看见他满脸凝重地在阅览室写东西，还以为他是在特殊时刻给家里写信。上下哨的战士几次过去劝他休息。而他，犹如打坐入定，没有丝毫反应。

他刚到中队，不少战士与他不熟。

遗书上的内容大体是说自己没本事，军事、文化样样不如人，前途渺茫，辜负了父母的期望；加上自己一脸的疙瘩痘，十分自卑，活着没啥意思……

加餐时，我觉得胃不舒服，一点味口也没有，鸡鸭鱼肉更不想碰，没等大家吃完，便匆匆离开了。

　　下午，队长陪梅赤峰父母来到公安处，看看他生前工作的地方，并取走他的部分遗物。梅赤峰参加骨干集训是从这里走的，所以不少东西还在这儿。

　　事后听说，梅赤峰的父亲仅仅在火化前看了他一眼，连骨灰都不要了，匆匆带着部分遗物回了萍乡。梅赤峰父亲的身份还是军人，如果年代早些，军人自杀是要被说成反革命的。或许是这个原因，他在众人面前没掉一滴泪。

　　辛辛苦苦养大的儿子，刚成年就以这样的方式走了，这叫做父母的如何不痛断肝肠啊！

　　我知道，梅赤峰如果没去参加骨干集训，而是一直待在公安处，就不会有这样的结果；如果集训结束，没有接着在新兵连当文书，也不会有这样的结果。新兵连结束后，梅赤峰眼巴巴地想回公安处，可中队的文书恰好退伍，正缺人。中队干部一听他参加了骨干集训，又在新兵连当过文书兼军械员，当即决定让他回中队接任文书。他当时拒绝了，可他不善言辞，被中队干部几句"军人以服从命令为天职"等大原则、大道理弄得不知如何开口了。

　　梅赤峰在新兵连当文书兼军械员当怕了，怕到再也不想干了。他接到回中队当文书通知的那一刻，心如死灰。

　　当然，梅赤峰的死，也有来自父母的压力——望子成龙的压力。

　　除夕夜，爆竹声响成一片。万载县的烟花生产厂家给公安处送了许多烟花，各科都分到了。跨年的钟声响起，五彩缤纷的烟花不断在公安处的上空绽放。

　　梅赤峰的事仅仅被当作谈资议论了一天，此刻已然被遗忘了。

八

与杨辉约好了初一中午过来公安处，和我们一块儿包饺子。一早，我正为肉和大白菜没处剁犯愁时，恰好遇上食堂的老陈过来烧开水，赶紧拿到厨房解决了，还借来了擀面杖。一切准备就绪，打电话找杨辉，却怎么也联系不到他。小张值班，小石又出去了，我一个人不知要从哪儿干起。

过了十点，还没人来，我一咬牙独自干开了。先把剁好的白菜撒上盐，10分钟后，攥出水来。再和上肉，把馅调好，然后开始和面。这时，小石回来了。又过了一会儿，总算等到姗姗来迟的杨辉。原来他把约好的事儿忘得一干二净，直到午饭时回传真室拿碗，总机值班战士告诉他，这才匆匆赶来。

我们一直忙到下午两点钟才开饭，主要原因是炉子不给力。吃饭时，我们把通讯科值班的王晓文、岳忠义也叫上（一个上午班，一个下午班），大伙儿一块儿喝酒，个个喝得像关公。

这是我在部队过的最后一个春节，也是最难忘的一个春节。

初二中午，中队也要包水饺。前一天，大家对我调的水饺馅都赞不绝口，杨辉特地打电话问我放了什么调料。下午，听中队的人说，杨辉把糖精当味精，一阵猛放，结果把馅调成苦的了。他们大过年的，没吃成水饺，改吃面疙瘩了。

初五傍晚，杨辉打电话说中队晚点名，让我参加。我借了科长的单车去了。

没有什么大事，不过是口头表扬了我，说我在春节期间发挥老兵骨干作用，认真负责等等。

点名完我和杨辉一起下楼，边走边说话。杨辉说中队打算给我和小张每人一个嘉奖；又说根据我的表现，以及公安处的反映，准备上报我当文书，同时身兼两职——文书和运动通讯，但能不能批还是后话。

我说："干什么都行，就怕这文书工作不能胜任。"

文书一职原本是梅赤峰的。当初听说他回中队当文书时，我曾调侃说："他能当文书，我两个都干了！"谁能想到，现在文书的位置留给了我，想想心里就不是滋味。说实在的，让一个从没接触过文书岗位的人接任文书，肯定有压力！但我有信心，再难，也要好好干！我还想争取入党呢！

九

因为梅赤峰自杀事件，支队要求中队组织开展革命人生观专题教育。公安处的战士，只要不当班的，都得参加。本来我是上午的班，可以不去；小石说他刚洗了大沿帽，能否他来值班。我也不喜欢参加开会、学习，可今天或许会有什么消息，就答应了。

课间休息时，乐璟琪说起一件事。大年初一他带班骑三轮摩托上街巡逻时，遇到影剧院录像散场，观众一窝蜂往外涌，一个9岁的小姑娘遭踩踏受伤，他与一同巡逻的战士火速将小姑娘送往医院抢救。虽然从没写过新闻稿，但我一下意识到，这是一个很好的新闻素材。虽然这件事过去几天了，仍值得一试。中午回来后，我迅速把这事写成稿件。下午，把稿子拿给队长看（因为通讯稿必须要单位盖章才能刊用）。队长很高兴，一边看一边说："中队正准备调你过来任文书，你有写作特长，以后要多在这方面下功夫。"随后，话锋一转，说："我发现你也不太爱说话，性格较内向。以后有什么话一定要说出来，说错了也不要紧，千万别像梅赤峰那样。"

队长看完后，我重抄了一遍，这才盖了章。回公安处时绕到《赣中报》报社，投进了门口的稿件箱里。6天后，《赣中报》头版底部位置刊登了出来，中队战士们争相传阅，乐璟琪更是说不出的高兴。

几天来，不是值班就是参加学习教育，星期天也不休息。2月17日上午，原本是我的班，队长亲自打电话来，要求我必须过去，只好又便宜小石了。

到中队才知道，任命文书的请示批复前，司令部要谈话。本来没这道程序的，看来，"小梅事件"让支队首长们更加慎重了。

谈话十分简短。接下来一上午，听政治处陈副主任和饶干事讲课。刚回公安处，队长又来电话，吩咐我下午一定要到位。

下午是开训动员。会上宣读了去年中队立功嘉奖人员名单，我啥也没有。春节期间的嘉奖是司令部给的，过几天才会下来。

不过，队长特意让王建华到新华书店买了4本书奖励我，说我的小小说为中队填补了空白。中队每年都有通讯报道任务，一直没有完成过，去年甚至交了白卷。

拿到书，翻开封面，只见附页上写了个大大的"奖"字，"奖"字上加盖了中队的印章。

会上，宣布了我与刘学庆的任命，刘学庆被任命为班长。

接下来是正副班长及新兵代表表态发言。队长临时叫我也上去说说。第一次在这么多人面前讲话，特别紧张，磕磕巴巴的，总算应付了下来。

队长说，等李向民探亲回来，我就回中队。

李向民早该回来的，因为春运买不到票，一直拖到今天晚上才到。等他洗完澡，我们说了好一会儿话，直到很晚了我才动笔写队长交代的《如何树立正确的人生观》材料和开训决心书——这是明天一定要交的。如果不当这个文书，随便应付一下就好了，现在不得不认真对待。

| 直属中队 |

·

青春不散场

·

一

2月18日一早，我回中队参加训练，训练内容是持枪动作。一切从头学起，动作难免有些笨拙。同新兵们一块儿练，有点儿难为情。

中午，好在余依平过来帮忙，这才顺利把全部东西搬了过来。也许是昨晚睡得太迟的缘故，骑车爬上支队前面的大坡后，累得气喘吁吁，头有些发昏，浑身没力气。原本下午想继续参加训练的，又困又累，就没去。一个人留在宿舍慢条斯理地整理东西，叠被子（因为宿舍紧张，暂时住在班里）。东西整理好后，还困得慌，就跑到支队公务班找个床休息了一会儿。

春节前公安处分的鸡还留了一只，特意留到李向民回来了才杀，约好晚上一块儿吃。

回中队了，走一步都得请假。正好想出来洗个澡，就以此为借口找队长请假。队长一听，说上周六集体去洗澡，有3个新兵站岗看家没洗，让我一块儿带去。

于是，我带着3个新兵到军分区澡堂洗了澡。等他们回去后，独自来到公安处，跟李向民他们小聚了一下，九点前回到中队。

我睡的床是梅赤峰用过的，队长一连问了几遍"怕不怕"，太可笑了！因为搞基建，中队两个班的战士临时住在礼堂门楼的二楼大房间里，足足20个人，有啥好怕的？

因为太累，我倒头就睡了。谁知夜里每2个小时换一次岗，上岗、下岗、提前叫岗，不断有人进进出出。其他战士都习以为常，而我一夜没睡好。

次日六点半，起床哨响。进行跑步、刺杀基本功训练。

上午，训练射击科目。

下午，队长临时让我带一支刚修理好的冲锋枪，和后勤处的阳助理去验枪。我背着枪、扛着靶去了。阳助理验过枪后给了我15发子弹。我还是第一次使用冲锋枪，第一次打连发，"嗒嗒嗒"……15发子弹一眨眼打完了，命中5发，基准弹全中了。阳助理带了手枪，他打完后递给了我3发子弹。这也是我第一次使用手枪，结果3发全中，分别是10环、8环、6环。

从靶场回来，又和新兵何创业忙开了，队长让我俩就前些天开展革命人生观专题教育收上来的心得体会布置个专栏。我裁红纸，何创业写大字。内容是我反复琢磨出来的，上联是"树立革命远大理想"，下联是"投身军营热血青春"，横批是"人生观回答"。结果，忙到大家吃过晚饭了，两人才匆匆跑去饭堂。

只要无特殊情况，我每天都与新兵们一块儿训练。训练内容不是队列、持枪动作，就是刺杀、射击预习。早操不是跑步就是爬山。夜里，每3个晚上就有2个晚上有岗。

周六上午，中队集体跑步到党校靶场打靶。回来后，个个累得不行，抓紧时间躺下。刚过半个小时，支队起床号响了，大家都不想起来。值班班长喊了"起床"口令，新兵们个个叫苦不迭。许亮甚至半开玩笑地说："班长，你就是拿冲锋枪顶着，我也起不来了。"我躺在床上，浑身酸痛，也不想动，可一想到自己是老兵、文书，只得强打精神带头爬起来。

还好，周六下午是党团活动时间，不用训练，中队改选团支部和军人委员会。大概因为近几天和新兵们一块儿训练，丝毫没有老兵架子的缘故，我的票数居然高居榜首。

二

　　直属中队与宜春汽车站是军民共建单位。正常春运期间，都会派战士执勤。这次因"小梅事件"开展整顿和教育，一直未派人去。这不，都农历正月十五了，队长这才让我带个人去执勤。不想这一去就是十来天。每天上午、下午各一趟，除了我是固定的，另一个执勤人员不断更换，新兵几乎都去过了。谢贵福、蔡小军也去过了，老兵都不愿去。

　　通常，上午时间旅客较多，需要执勤的时间也比较长。下午3点过后，就没多少旅客了，所以午饭后都不休息。第一天执勤，遇到一位老人丢了5元钱，没钱回家了。我不忍心，跑到公安处向李向民借了3元钱给了老人，同时暗下决心，一定要抓住小偷。经过仔细观察，我发现有几个行迹可疑的小青年总喜欢往人多的地方挤，他们有的背个包，伪装成旅客的样子；有的拿本杂志，经常在售票处制造拥挤场面，然后借机下手，杂志成了用来遮挡的工具。刚开始，我们往边上一站，他们就虚了；瞪他们两眼，吓得立马开溜。过了两天，竟然敢上来和我们搭讪，还递烟。我装作听不懂他们说的话，拒接递上的烟。见我们不理睬，便开始和我们玩起"躲猫猫"：我们在售票处盯他们，他们就转移到候车大厅；我们跟到候车大厅，他们又折回售票处。如此反反复复，他们见下不了手，就跟我们耗时间，想等我们下班后再动手。我也和他们杠上了，就是不回去，一直等他们走了才回中队，有一次还误了午饭。

一天，他们突然增加了人手，从两三个一下子增加到七八个。我无法再和他们玩"躲猫猫"了，就让新兵在候车厅里看着，自己则一直盯着售票处。连续几天，我们累得精疲力竭。

刘学庆听说有小偷，一下来了劲，主动要求去执勤。队长见我累得不行，同意刘学庆去。这天下午，我一直睡到他们执勤回来了才醒。只听见刘学庆大声嚷嚷："根本没见到什么小偷，上了王福校的当！"原来，小偷们见我们这么执着，天天无功而返，干脆不来了。

我把这件事写成《执勤日记》，寄到《赣中报》，居然也见了报。不过，因为写字潦草，编辑把名字弄错了。

三

3月初的一天，夜里十一时，突然紧急集合哨响了起来。中队迅速集结，接着机关干部、战士以及来支队开会的队长们也都集合起来了。原来，是地方发生森林火灾，政府向支队紧急求援。

大家按顺序登上卡车。另一辆车还接来了轮训队和市中队的战士。卡车在山路上左拐右拐，走错了好几回，好不容易才到达发生森林火灾的地点。下车后，大伙儿穿过田间小路向火点靠拢，到山脚下时，山上的火已然灭了，白跑了一趟。

回到中队灯光下一看，每个人都一身土灰，眉毛都是白的。大家你看我、我看你，互相打趣。

这次紧急集合来得有些突然，中队干部也有些出乎意料，动作相对较迟缓。次日晚上，队长决定有针对性地搞一次紧急集合演练。熄灯半个小时后，哨声响起，大家按要求迅速全副武装集结，还跑了个3公里。

连续两个晚上的折腾，大家都挺累。谁知，第三个晚上十一时，紧急集合哨又响起来，又是火灾！

我急急忙忙穿好衣服，下楼时遇上队长。他说要多穿点，卡车上寒风袭人。我又折回去加了件绒衣。集合报数后，指定前10名登车出发，后面的留下站岗。我偏偏是第十一名，顿时懊恼不已。

第四天晚上，我站第一班岗。听说又要出动，我兴奋得匆忙去敲队长的门，坚决要求参与扑火。队长见状，让我自己找人替岗。正兴奋着呢，不知怎么的，通知不用去了，沮丧了老半天。

第五天，中队要到分宜拉谷壳，挑了6个人去。我从没参加过装谷壳，嚷着要去。可大家看不上我，认为我是机关出来的，又这般文弱，一定没什么力气。太小看人了！

中队炊事员得了肺结核，到182住院了。临时由正副班长轮流做饭，每人3天。今天轮到乐璟琪做饭。我担心他忙不过来，帮他把菜洗了。洗好后，他有事离开一会儿，我抄起锅铲就炒上了。中午见大家吃得有滋有味，我心中有些得意。

刚吃完饭，拉谷壳的车回来了。我第一个爬上去卸车。刚丢下两包，就听见有人喊要出动扑火。我急忙跳下车，想抢先参与扑火。不一会儿，有人又说今天中队拉谷壳人手不足，让轮训队去。

如此高频率的火灾，而且每天发生的时间都极其相似，不得不让人怀疑——有人在蓄意破坏！果然，立案侦查后得知，是几个村民因乱砍滥伐被拘留，出来后报复，恶意放火。

这可倒好，搞得我们快成森林消防了！

晚饭开饭前，第二车谷壳又拉回来了。这回队长亲自上阵，大家齐心协力，在一片尘雾中干了1个多小时。

忙了一天，夜里又站了岗，次日，个个累得起不来。司务长通知说今天还要去拉谷壳。我一听就来精神了。可惜司务长临走挑人时，我刚好不在场，队长带队去了，我只能等卸谷壳了。我打算上午好好休息，养精蓄锐，下午好干活，谁知又让司务长叫去搬东西，一直搬到午饭时间。

幸亏只有一车谷壳。卸完后，带着两个新兵去干休所蹭了个澡，回来忙着洗衣服。中队的洗衣机坏了，漏电，用时要特别小心。我不明白为什么不拿去修理。一问才知道，修了，但很快又坏了。究其原因，是今年的新兵老把鞋子放到里面洗。这能不坏吗？因为危险，之前我从来不用。今天太累了，还是用洗衣机洗吧。

本来没安排我做饭，我不愿搞特殊，强烈要求参与。星期天晚上，终于拿到了厨房的钥匙。

首次做饭，原本自信满满，准备好好露一手的。可是，站末班岗的战士晚了20分钟叫起床。生火时，越着急，越生不着（这种烧谷壳的灶很特别，我又是第一次独立做饭，没掌握窍门）。最后，还是司务长来帮忙才生着了火。昨晚发面时，新兵王荣军帮着倒水，一下子倒多了，今早一看稀得不成样子，一双手下去怎么也出不来了。没办法，又加了些生面粉。本来要放碱的，因为不敢再加水了，所以也就没放（碱要用水化了之后再倒入）。结果开饭时发现馒头是酸的，多数战士咬了一口就吃不下了，弄得我难过极了。

见大家没吃好早饭，我有些自责，情绪低落，一上午不停地干活，刷锅洗盆，一直忙到开饭。中午大家都吃得很香，都说好，差点饭还不够了。

晚饭时，支队后勤处的阳助理突然出现在伙房。我还以为又要拉我去校枪，却只见他笑着说："支队决定派你去总队参加军械员集训。支队共去12人，除大桥外，每个中队去1人，由你带队。"

我激动得心脏"砰砰"直跳：12人由我负责，这对我来说可是个不小的考验啊！一定要不辱使命，认真完成好这次集训任务！

四

这天一早，同370中队的胡长军、市中队的罗杰一行3人上了火车。开始都站着，过新余站时，都有了座位，运气还算好。

出南昌站，有车来接，便随车前往新建县一支队，总队的修械所在那儿。

新建县，距离南昌市区还有1个多小时车程。前年到通讯中队培训时曾来过一次，只作短暂停留。听说这里条件十分艰苦，尤其用水相当困难。

这次参训共有60多人，其中50人被安排在一个大房间里，而且是打地铺。房子是刚刚盖好的，天窗和窗户上的玻璃还没来得及安装，房间里弥漫着一股浓重的石灰味，风呼啦啦地从四面八方灌进来。由于赶车，早餐、中餐都没吃（晕车吃不下）。好不容易挨到晚餐，饭却做糊了，配菜也只有小白菜和油豆腐，不少人吃不下。我顾不了这些，先填饱肚子再说。

夜里，大家都被冻醒了，个个后悔没带军大衣来。我更是连肠子都悔青了——因为临出发时还特意脱了绒裤，这下只有挨冻的份儿了。

集训队第一次列队时，所长问宜春谁负责。我举起手，于是指定我为一班长。一个班 10 个人，宜春的另两名编到其他班了。早饭后，先安排一班打扫饭堂。上课前，所长召集班长们开了个小会，分了排，一、二、三班为一排，四、五、六班为二排。班长们轮流值班，一、四班长为临时排长，轮流带队值班。也就是说，排、队值班都从我轮起。尤其是队值班，一值一星期。无论上课还是吃饭都要整队，这可为难死我了！新兵连结束后，一直待在通讯班里，几乎再没训练过，更没练过口令、指挥过训练。现在突然叫我充当排长，还要负责整个集训队的指挥，如何是好？推辞吧不太合适，不推辞又要出丑，一时左右为难。最后，心一横，算了，听天由命，出丑就出丑吧！

上课的主要内容是"八一式"步枪、轻机枪的构造及原理，武器分解、结合等。这时候，"八一式"步枪还没配备到部队，所以参训人员十分兴奋，上课都认认真真。我觉得"八一式"步枪既能打单发又能打连发，准星长、缺口深，便于瞄准，比"六五式"强多了。

午饭时，按例要先吹小值日打饭哨。我犹豫了一下，才吹出颤抖的哨音。等喊完"小值日打饭"后，自己先红脸了。开饭时，正好下起了小雨。吹完集合哨，大家纷纷跑出来列队。我喊了声"向右——转，齐步——走"，没等大伙站稳，就带着队伍走了。

下午，军械处处长要亲自来上课，不但要整队，还要报告。这可把我吓坏了，急忙跑去跟所长商量，说自己不会报告，还是叫四班长来吧。所长是山东人，一来就认了老乡，听我这么一说，当下决定叫四班长报告。谁知，这四班长也是第一次遇到这么大阵仗，脸涨得通红不说，报告时还结结巴巴；不过声音倒还洪亮，看起来至少在基层练过。

晚饭的时候，两个排都站在那儿等我下口令。我一时有些不知所措，不自觉地去整整帽子，最后憋足劲喊出了声："立正，向右看——齐，向前——看，向右——转，齐步——走！"我下这些口令时，完全是串在一起的，中间几乎没有间隔。一边走着，队伍里有人小声地对我说："你胆子怎么这么小呀？"他们哪里知道，我这已经比从前强多了！

次日下午，窗上的玻璃都安装上了，但夜里还是冷得要命。

第三天下午，所长想起了什么，忽然问："早晨出操了没？"我说："没！"他说："不出操怎么行？明天开始一定要出操！"我求所长，让别人来值这个班，我一直是机关兵，实在担不起来！所长见状，同意我找个人代替。我立即找本支队的吴龙虎帮忙。起初他坚决不干，我就拿所长压他，他只好答应下来。出了两天丑，总算找到解决的办法了。

这里的条件的确十分艰苦。米饭总夹生，每餐说是一荤一素，但总不尽人意。拿今天的菜品来说，中午炒豆芽和鱼块，豆芽发老了，一盘鱼一半是鱼骨头，完全不下饭。我把老豆芽戏说成草根，大家都跟着调侃吃的是草根。晚上炒莲藕和猪血，一整天没吃到一块肉。米饭夹生也就算了，还常常盛一碗就没了，大家叫苦不迭。

此外，用水更困难。通常上午有水，但水龙头出水也表现得有气无力。下午某个时段开始就没水了，睡觉前想洗个脚更成难题。好在一个班配备了 4 个脸盆，我是班长，便始终把一个脸盆掐在手里，任何时候不让脸盆空着。早晨洗完脸，都带回一盆水备着。这盆水班里无论谁都能用，但条件是用完必须装回一盆，始终保持有水的状态。如此这般，总算过了一段比谁都富足的日子。

五

星期五早饭时，胡长军说钱被偷了，一分没剩。一旁的罗杰跟着说，他也丢了 6 元多。我立刻让大家查查是否少了东西。还好，其他人的东西都没丢。

一班在房间最里端，相当于在一个死角里，别的班进出都不需要经过这里；各地区汇集到一起培训的人互相不熟悉，一般不会过来"串门子"。所以，钱丢了，最大的可能是出了"内鬼"。罗杰说他丢钱时明显有些闪烁其辞——他的床位离胡长军最近，不免让人起疑。

课间讨论时，大家不知不觉小声议论起这件事。我灵机一动，计上心来，突然说道："我知道是谁偷的！昨夜有人在长军床边窸窸窣窣，我听出是谁了。不过，当时困，懒得睁眼睛，没想到是在偷钱，太不是人了！"

罗杰原本是参训人员中最活跃的，话多又好动，开训 5 天了，有 3 天跑回家住（他家在南昌）。我这么一说，他的头越来越低，还不自觉地用螺丝刀刮着桌上的皮垫，一句话也不说。

　　不仅如此，罗杰从这天开始变得沉默寡言，仿佛害怕和大家交流一般。我有意装出一副不屑看他的样子，让他更虚了。

　　考虑再三，我还是向所长报告了这件事。

　　几天后，其他支队参训队员到楼顶去玩，无意间捡到胡长军用来夹钱的执勤能手证书，里边女朋友的照片还在，钱不见了。

　　从此，我对罗杰产生极大的反感，不仅仅怀疑他偷钱，还因为他无组织、无纪律和那副放荡不羁的样儿。

　　星期天早饭后，大家三三两两地出发去逛南昌城。刚走到公交站牌下，正好一支队客车要去总队，等车的战士一股脑儿涌了上去，我也搭了个顺风车。

　　这天，我的任务就是去曾华和龙建军家，拜访他们的父母。当然，这是自己给自己下的任务。还在公安处的时候，经刘元春介绍认识了曾华，说曾华是他表弟。一次在电话里和曾华开玩笑，让他叫我大哥，没想到曾华当即说"以后我就叫你大哥了"，把我乐得差点下巴都掉了。之后没其他人在场时，他都喊我"大哥"。龙建军的床紧挨着我的床。这家伙是所有新兵中年龄最小的，到部队半年后才满16周岁，大家都管他叫"细芽子"。虽然我的年纪也不大，但比他们这批新兵大多了，于是经常摆出一副老大哥的样儿。充老充惯了，龙建军开始叫我"老文书"，其他新兵很快学着样儿叫，我顺理成章成了"老文书"。

　　曾华家在老福山附近，按照他画的路线图，很快找到了。他妹妹给我开的门。进门后得知，他母亲出差，父亲刚出去买菜，只有弟弟妹妹在家，弟弟还在睡懒觉呢。

　　不一会儿，曾叔回来了，非常热情。我一口一个"曾叔"地叫着，他高兴得就像看到自己儿子回来一样，还让曾华的弟弟妹妹喊我"哥哥"，并且一定要留我吃午饭。我推辞不掉，只得答应下来，表示先去趟龙建军家再回来。

　　龙建军告知我的地址是于都街98号，到了那儿才知道这并不是龙建军自己的家，而是他外公的家。他外公告诉我，龙建军的母亲一会儿就会来。不一会儿，他母亲果然来了。我给他们介绍了龙建军在部队的表现，让他们放心。他们听了特别高兴，还端出了自家做的甜点让我品尝。

　　接着，龙建军的母亲又领着我到她家——因为龙建军托我带的书还在家里。

　　一进家门，同样受到热情款待，龙建军的父亲又削苹果又递蛋糕，还煮了3个荷包蛋。

　　从龙建军家出来已经十一点了，匆匆赶到曾华家。曾叔最后一道菜还没炒好。幸好早到了，没让他们一家等。

　　上桌了，6菜1汤，还开了1瓶中国红葡萄酒。这是把我当贵客了！

　　我们一边吃一边聊。曾叔也当过兵，说话很风趣。我有些拘谨，只吃自己面前的两个菜。曾叔见状，时不时往我碗里扒菜。

　　离开曾华家后，我到八一广场转了转，照了张彩照，参观了西安秦王陵兵马俑巡回展览，又到新华书店买了本书，还逛了不少商店。但刘元春、姚军他们托我买的东西怎么也找不到，赶回修理所时刚好五点。

　　这次参加集训，最值得一提的是认识了吉安支队的李世龙。他年纪与我相仿，比我晚了1年入伍。

李世龙有写日记的习惯，发现我也在写日记后，就主动过来搭讪，想不到特别谈得来。他提出交换日记看，我同意了。

李世龙记日记的形式恰好与我相反：我每日像记流水账一般，记下了许多细节；而李世龙几乎不记事，只写感想、感触。这引发了我的思考。最终认为，两人综合一下才是最佳的日记方式。

整个集训过程，宜春受表扬次数最多；但出了丢钱的事，一直让我不舒服。最后的考试平均分数也不太理想，与我一心想拿下前三的愿望相去甚远。

集训总结，卡车把大家送到南昌市，规定统一住在长途汽车站对面的江西农垦局招待所。罗杰这小子又擅自回了家。晚上我又去了曾华和龙建军家一趟，两家都有东西托我捎回。

总队通讯中队的不少女兵后来都参加了182医院护士培训，结束后大都留在了182医院，李颖也在其中。这次集训没跟任何一位女兵联系。

六

回到中队，成天忙不完的事，感觉自己成陀螺了。前些日子，支部组织开展整党专题教育活动，表格、材料特别多，写得手都起泡了。平日里，中队干战生日表、内务卫生评比表之类的表格层出不穷；宣传栏布置、图书室管理登记等等，都必须手工操作，没完没了……

检查也一个接着一个，不是卫生检查，就是警容风纪检查，省里的、总队的、地区的、市里的、秀江的，各式各样、五花八门，又或某领导来视察……整天为应付这些手忙脚乱，训练被耽搁了不少。

这不，昨天刚刚检查过警容风纪，今天早操时又来检查，还说多数头发不合格。最近半个月已理3次了，就那点津贴，快被折腾光了！大家心里都有些愤愤然，难道非得把脑袋削成马桶盖就好看了？老兵们赌气，干脆全剃了光头。新兵们不想剃，老兵们动员说，剃光了更整齐划一。新兵架不住老兵们的一再怂恿，最后一致表示：文书剃了他们就剃！中队战士几乎都有剃光头的经历，而我一次都没有，觉得光头不适合自己。此刻见新兵们把矛头指向我，二话不说直接去剃了。新兵们只好都跟着剃了。排队时，清一色光头，果然整齐多了。

除通讯班和后勤之外，中队只有两个战斗班。春节过后，不是抽调这个，就是抽调那个。最近，刘学庆又被抽去打篮球了，两个战斗班仅剩下8个人。每日除了门岗、坐班看家的，能参与训练的常常只有四五个人。听说轮训队还想从中队抽个人去当文书，真不知今年的训练计划如何完成。

人手少，岗次就多，白天站，晚上还要站。训练时人数少，人少也要训。这种情形之下，人很容易疲惫，不仅是身体上的，更有精神上的……

按规定，文书必须参加半年和年终考核。我基础差，为了不影响中队成绩，不得不跟新兵一起练。倒功、手榴弹、战术、刺杀，常常练得精疲力尽，手臂抬不起来。光这样就算了，支队机关还动不动抓我们的差。比如，昨天才练了一会儿刺杀动作，就被后勤处叫去搬弹药，生怕中队仅有的几个人闲着似的。我遇到余依平，他竟然说："天天什么事也没有，闲得连杂志都看不进去！如果让我参加训练、站岗，我还挺乐意呢！"听听，多气人！难怪新兵们私底下说，分在别的中队就好了。

然而，机关首长们并不了解这些，常常还变本加厉。就在今天，参谋长突然要求，晚上七点后车库加派1岗。原来晚上每岗2个人，1个固定哨（大门口），1个游动哨。现在要3个哨。这样安排，光站岗都顾不过来，还怎么训练？

我气不过，写了篇稿子，内容大体说：培训的培训、调的调、借的借，整个中队剩下没几个人，没法搞训练了。大家都劝我别投，我坚持投了《人民警察报》。明知道这类意见稿不会登，又没盖公章，出出气而已。

天天和新兵们一块儿站岗训练，累得浑身酸痛。有一回晚上，梦见自己累得昏死过去了，大家把我抬到医院抢救。早晨起来，龙建军说我半夜大叫了一声，我浑然不知。

三弟来信说母亲回山东看姥姥了，小弟趁机反了天。为了他的事，三弟已经被老师叫到学校3次了。眼看小弟要小升初了，一点不紧张，讲什么都不听，揍他几下，还大叫"惨无人道"。我忽然意识到，自己该为这个家尽点责任了。哥哥在大田工作，姐姐也相隔一段距离，母亲即便在家也管不住他们，再不管就来不及了！

七

中队团支部与宜春师专85级中文系2班团支部也建立了军民共建关系。清明节这天，相邀着一起到宜春市10余里外的汇丰村祭扫革命烈士墓。

50多人组成一支浩浩荡荡的自行车队伍，每辆自行车一带一，一路颠簸来到汇丰村。

原本是一项很有意义的活动，可后来发生的事让我十分不快。事情是这样的：祭扫仪式完成之后，大伙儿来到小山上野炊。春天的气息感染了每一个年轻人，山坡上充满了欢声笑语。大家捡柴的捡柴、做饭的做饭，一派欢快祥和的气氛。然而吃饭时，新兵们个个如狼似虎（师专的学生哪敌得过他们？），不一会儿把饭菜都抢光了。这事太丢人了！虽然新兵们的年纪比师专的学生小，但是穿着军装，就应当时刻不忘军人的身份。从这方面来讲，说明中队平时的教育还有缺失。

原计划写篇新闻稿的，但情绪不对，写不出来。

"五四"青年节前，支队要表彰一批优秀团员和先进团支部，给了中队2个优秀团员的名额。大家推荐了3个，最后支部确定上报我和潘晓良。但上报要附上先进事迹，这让我很头疼。特别是写自己，太难了！

给李世龙的信寄出才两天，他那边肯定还没收到，这边就接到了他的来信和一本书，书名叫《记者的素养与技巧》——这是他从老乡那儿借的，一定要让我看，说对我有帮助。原本我是看不进这类理论书籍的，但李世龙这么有心，无论如何也要看了。

李世龙的来信，很大篇幅写与我相识相处如何愉快、分别如何依依不舍，弄得我一整天惆怅不已、情绪低落。直到回完信，我心情才好转。

前些日子，政治处方爱国干事拿了一些材料给我，让我替他写份支队团总支工作总结，说是要报给团地委。我啥时候写过总结材料啊？再说，也没人教过我如何写这类材料。但方干事平时挺关心我的，不好推辞。

自从接了方干事的任务后，心里像压了块石头。转眼到了4月底，交稿的日子近了。没办法，只好硬着头皮让方干事找了份类似的总结材料给我参考，这才明白总结材料的大体模式，应付了六七页纸交给方干事，终于舒了口气。

八

"五一"节，全国放假，部队搞战备。

从4月30日晚上开始，到5月2日早晨结束，白天纠察，晚上巡逻。我虽是老兵，巡逻却从未参与过。5月1日凌晨四点，我负责带队巡逻，而且是坐三轮摩托车执行任务，比站岗不知强多少倍。

最近，又有1名战士被派往公安学校学习，站岗的人更少了。偏偏这时候，宜春地区举办第六届运动会，时间是5月1日至8日。中队每天得派2名战士执勤，执勤的战士晚上不参加轮岗。

人越来越少，光是执勤、站岗都能把人活活累死了……

5月1日，一整天坐岗看家，中午也不得午休，困得我直打哈欠。晚上六点半，刚刚任命中队指导员的祝欢平在附近一家小酒馆里与朋友喝酒，打电话让正在岗上的许亮去炒菜。一时找不到人替岗，就让我这个坐岗看家的替，把我气得要命。不是我怕辛苦，而是指导员的这种作派让人十分反感！战士们又忙又累，他却闲得要命，还常常派这个去干这事、派那个去干那事，无非是些买烟、买火柴之类的鸡毛蒜皮的小事，活脱脱一副公子哥的派头！

地区第六届运动会篮球赛进入尾声。支队代表队前五场全胜，只要再拿下一场，就稳获冠军。这匹忽然杀出来的"黑马",把各代表队打得晕头转向。第六场对阵的是宜春地区常胜冠军队——宜春汽车分局。其实,比赛没有任何悬念——因为代表支队参赛的是总队的球队。他们正好在宜春训练,于是以赛代训,很快又轻松拿下了真正的第一强队。打完这一场,他们将代表江西省公安前往哈尔滨参加全国公安系统运动会。最后一场,宜春支队只能临时拼凑几个干部战士上场了。

第七场对阵的是最弱的一支队伍,他们前六场一场未胜。就这样一支队伍,把冠军队打得全无招架之力,比分相差三十好几,脸都丢尽了!

发奖时,要求12个人上台领奖。干部们碍于面子都不上场,只好把中队能出动的全叫了去。个子最矮的许亮也亮相了,我也站在其中。现场的观众忍不住发出一片"哧哧"的笑声,我觉得脸上有些挂不住。尤其是当电视台摄像机对准我们时,恨不得找个缝钻进去!

九

"五四"青年节这天,中队与宜春师专中文系搞联欢,地点在中队。

团体节目事先进行了排练,班长王建华组织大家学唱最新流行的部队歌曲《当兵的历史》。这首歌由蔡国庆在中央电视台首唱之后,旋即风靡部队。而且,这首歌与以往的部队歌曲不同,不仅旋律优美、欢快,歌词还特别打动人,战士们都十分喜欢。我的节目是闽南语独唱《天黑黑》。

晚会在夏令时八点拉开序幕。彩纸、彩灯在聚光灯照映之下，熠熠生辉，气氛既热烈又欢快。

大家一边嗑着瓜子、花生之类的零食，一边观看节目。中队率先上场表演了小组唱《向前，英雄的人民武装警察》和《当兵的历史》。接下来中队这边的节目有：潘晓良的小提琴独奏、我的独唱、王建华的配乐诗朗诵、岳家拳以及团体拳术基本功等。师专那边的节目有：舞蹈、吉他弹唱、独唱、小合唱等。王建华还同师专中文系团支部书记联袂表演了双人舞《军港之夜》。指导员的妹妹闻讯赶来，献上了最拿手的《孔雀舞》。

节目相当精彩，演出异常成功，吸引了不少支队干部驻足观看。让中文系师生没想到的是，中队的节目竟然完胜了他们的节目。特别是最后压轴的基本功表演，在水泥地板上流水作业时，惊得他们发出阵阵尖叫。

上场之前，我紧张得一趟趟上厕所，想不到上场后，《天黑黑》竟然也相当成功——大概彼时江西还很少听到用闽南语演唱的歌曲。现场有个音乐系的女生，应邀为中文系助演，现场竟然说我唱得最好！

我手拿麦克风演唱的那一刻，王建华在一旁拿着照相机抓拍了一张。照片上的我刚剃完光头不久，头发上下一般齐的样子，有点儿憨态可掬。

十

离半年考核的时间不多了。5公里越野一向是考核项目中的重头戏，并且来不得半分虚假，全靠实力。5月下旬开始，每天早操一趟5公里，按要求携带挎包（挎包里装着雨衣）、水壶（灌满水）、子弹袋（50 发空包弹）、手榴弹袋（4 颗训练弹）、配枪等。对于跑步，我一向比较自信；可携带这么多装备，跑起来就没那么简单了——挎包、水壶、手榴弹袋、子弹袋都从胸前绕过，跑起来胸口感觉被勒住了，喘不上气。头一趟跑下来，最后一名冲线时，早超过了 25 分钟（及格线）。第二天接着跑，11 个人，最后两人竟用时 30 分钟。

既然规定后勤和文书必须参加考核，不好好练肯定不行。白天轮到坐岗，我便与潘晓良替换，一次不落地跟着练。对潘晓良来说，就好比想睡觉恰好有人递上枕头，何乐而不为呢？由于我没学好拳术基本功，练习配套动作时可受苦了！尤其是后倒，要领始终掌握不到位，连续练了几天，感觉要倒成脑震荡了（由于后倒危险性大，连续发生事故，几年后此动作从训练大纲中剔除），身上、腿上被摔得青一块紫一块，旧伤没好又添新伤，很长一段时间身上没一块好肉。可配套时后倒动作又最多，怕也没办法，只能接着倒。否则，真要拖后腿了！

中队长期人员不齐，现在离考核仅剩下 20 来天了，时间紧，任务重，除了擒敌技术、5 公里越野外，还有队列、投弹、射击、鞍马、单双杠等。这一年以来，系统性的训练几乎还没开展过，看来只能临时抱佛脚了。基层中队都是两个战斗班中挑选一个班，而直属中队却一个班都很难凑齐，要想取得好成绩难上加难！

中队原本有一小片菜地，因为搞基础建设，早挪作他用了。利用休息时间，我在中队西侧的一小块空地上种上了南瓜、葫芦，又平整了一块地种了茄子和辣椒，还把民工做饭留下的炉灰都用上了。晚点名时，队长大大地表扬了我一番。

他说："文书最近表现十分突出，训练和新兵一块儿，没有一点老兵的架子，该爬的爬、该摔的摔；还利用休息时间搞农副业生产，收获多少不论，这种积极工作的精神，值得大家学习！"

不就种了点菜嘛，队长却用上"农副业生产"这么"高大上"的词，我觉得有点滑稽。

这天中午，从饭堂出来，碰到葛副主任（刚提拔）。他一见我就说："你在《赣中报》上又上了1篇！"他说话时没一丝表情，我当他在逗我。我最近一直忙着训练、站岗，几乎没动过笔。

看我不相信的样子，他说："《雨后》，不是你写的？"我一听，觉得有些耳熟，猛然想起的确写过一篇《雨后偶遇》的短文，寄出之后，自己竟忘了。我急忙跑到中队，一问，《赣中报》让司务长拿走了。赶紧找司务长，拿过报纸翻看，果真是它，只是编辑把标题改成了《雨后》，边上还标注了"散文"两个字。看了一遍，发现中间仅删掉了几个字，其他几乎未改动。

这段时间对写稿子有些反感，不想再写了，偏偏又上了1篇，看来有空还得写写。

司令部要求上报中队战士花名册——又得手工画表格了！听说这次要求每个中队都要两个班参加考核，直属中队却只能凑一个班，司令部不相信，所以要花名册。报花名册时，按队长的指示，把潘晓良跟李向民对调了一下（李向民调来之前在基层中队就是战斗班副班长，原本的军事素质较强），这一调，中队的成绩肯定能提高。

天气越来越热了！每年这时候都有降温补贴，中队给每个战士发了3斤白糖、2条牙膏、1块香皂、1组肥皂。听说市中队发的是麦乳精，好羡慕！

十一

宜春三中与支队联系，想与部队搞个"六一"联欢会。支队不好推脱，就把任务交给了直属中队，联欢地点放在支队新落成的礼堂里。

一大早起来，整理内务，打扫卫生。早饭后，忙着搬桌子、抬椅子、洗茶杯。时间到了，全体战士列队欢迎，却迟迟不见踪影。

大家正着急时，浩浩荡荡的队伍出现了，最前面的红领巾举着木头做的道具火炬，打着"点火炬继传统联欢会"的横幅。代表全校少先队参加此次联欢的是初一（5）班的学生，此外还有校团支部委员、学生会干部及少先队辅导员。带队的老师全是女性。

学生们参观了中队的内务后，联欢会正式开始。中队的节目除了上次表演过的，增加了许亮的杂技《高车踢碗》。许亮出生于杂技世家，为了这次表演，家里刚刚把独轮车寄来。三中的节目也相当精彩，其中有3个舞蹈是参加省里汇演并获奖的。

联欢会后，三中的女教师们对我们的节目赞不绝口，说我们有些节目完全是专业水准，没想到武警战士也如此多才多艺！

就在前一天，接到通知，让潘晓良、许亮到总队报到。据说是被江苏省总队文工团借用一个月，也难怪女教师们会惊讶了。联欢会一结束，他俩马上就出发了。我和王荣军临时到通讯班顶替。

谁知，到了晚上，我又接到通知，要求次日到市中队报到，参加《赣中报》举办的新闻写作培训班。之前，我根本没学过新闻写作方面的知识，能上稿完全是瞎猫碰上死耗子。是该补补课了！

支队参加培训的共12名，每个中队1名，统一住市中队。宿舍离监狱仅几步之遥，中间虽隔着高墙铁网，但一股浓重的尿臊味不时从监狱那边飘过来，熏得我第一顿饭怎么也吃不下。

培训地点在《赣中报》报社四楼会议室。葛副主任让我负责带队。幸好上回参加军械员集训当了一回领队，脸皮厚了，就胡乱对付了。

第一天上午动员会，副总编、总编、市委宣传部部长分别作了讲话。地方参训的都是各县新闻写作积极分子，而我们这边大多是86年的新兵，基本没有接触过新闻写作。

下午，《赣中报》原总编丁志炬亲自授课。丁老师没有正式上过新闻学校，却有着35年的新闻工作经验。他上课不用讲义，信手拈来，例子十分生动，尤其自身的一些采访经历更是十分精彩，比书本上的东西强多了。

后面几天，白天分组采访，晚上写稿，次日老师点评，把我们累得够呛。看来不论干哪一行，不吃苦都是干不好的！

报社培训结束后，支队政治处接着自主培训了一天。主要讲如何投稿、怎样与编辑沟通，尤其是《武警报》的投稿，要有针对性、技巧性等等。最后，要求大家写一则消息。结果，多数人写得不行。不过，这些人当中有几个对新闻写作挺感兴趣，写得也勤快，这是最难得的。

十二

6月15日，半年考核开始，参考人员统一到轮训队报到。通讯班除了值班，还要包岗。队长说，如果获前3名，每人奖一件10元钱的衬衫，我们也有份。

考核班走了，除了两个后勤的，就剩通讯班了。白天站岗，晚上还要站岗。队长跟支队首长交涉，能否让机关战士晚上和我们一块儿轮岗。参谋长起初不同意，后来答应晚上他们也参与，但只站车库这边。我们原本只打算一班只派一个岗，现在他们站了，我们也没少站，还必须给他们做榜样。

这次半年考核，支队十分重视，还请了电视台作宣传报道。政治处两天来一直忙着写标语、挂彩旗、布置现场。

第一天射击考核，因为下雨，成绩全都不理想；队列考核，中队得了第三名；单双杠据说不是第一就是第二。通讯班在总机上，消息知道得快。我曾经待在机关，干部都熟悉，打听消息更容易。通常，参考人员反而不知道自己考得怎样。于是，我每天利用吃饭空隙给他们打电话，向他们透露消息，给他们打气鼓劲，鼓励他们争取考出好成绩！

擒敌技术考核是利用晚上时间在师专草坪上进行的。李向民大约好久没练，动作有些生疏，临时换上王建华。军事理论，中队只拿了个中等。

3天来，我比参考人员还要紧张，每天忙着打听消息、通报信息，给予中队考核班力所能及的支持。最后，经支队综合评定，中队得了第一名。得知消息后，我激动了好久，比参加考核的战士还要高兴，似乎好成绩是自己千辛万苦争来的一般！

考核班回到中队当晚，还是通讯班站岗。第二天，又让他们补休一天，通讯班继续包岗。有人想不通，说参考是十几支队伍轮流上阵，除了紧张点儿，训练强度还不如平时，真正辛苦的是我们。

这话表面上看似有理，其实不然。精神上的压力最容易让人疲惫。压力过后，放松一下完全有必要。为了庆祝胜利，中队加了几个菜，买了85斤桶装啤酒，大家开怀畅饮，比过节还要高兴。我觉得啤酒好苦，喝不下。指导员嘱咐我写一篇中队勇夺第一的报道，我不想写——因为通讯稿都必须单位盖章，有时候盖中队的章还不管用（盖支队政治处的效果才好）。中队根本没有公章，只有财务章，所以盖章时，只好用张小纸片把"财务专用章"几个字遮去。这么做，内心总有一种不踏实的感觉。加上次次要麻烦司务长，于是兴趣大减。

十三

中队又要评优秀团员。我说："不是刚评过吗？"队长解释说："这次是依据总部的文件精神，在优秀团员中发展党员，评上的可能成为发展党员的对象。"投票结果，我又票数第一。

晚上，队长拿了几页稿纸给我。我低头一看，是《王建华同志主要事迹》。队长要我好好修改一下，明天送到支队政治处。初稿是王建华自己写的，有些乱。我琢磨了半天才写了个引子，像一篇通讯稿的开头。我整理好后，送政治处，他们再行加工后报送总队。临时借调到政治处写新闻的战士王细赞找到我，说："将材料改成通讯稿，署上我们的名字可否？"我同意了。

中队要搞半年总结，指导员把总结材料推给我来写，借口是他4月份才来，之前的事不了解。

晚上，等大家休息之后，我开始动笔，一直写到下半夜一点半，大约写了三分之二，实在太困了，倒头就睡。不到六点被叫起来，站白天第一岗。每次遇到没休息好，站岗都特别累，两条腿感觉不是自己的，站在那儿，每一分钟都是一种煎熬。

下了岗，吃过早饭，我强打精神继续写，九点多钟终于粗粗完稿。我依然困得不行，偷偷躲到指导员房间补了个觉。指导员从来都是回公安处家里住，房间几乎没用过。不想，一觉睡到午饭时间。吃了午饭，继续睡，又睡到三点多钟。爬起来后，边改边抄，到晚上七点钟正式完工。

稿子上交后，希望队长、指导员能帮着改改，也好让我长进长进，谁知他们一字未动。总结会上，队长照着材料念了一遍。

幸亏上回方干事让我写了份团总支的工作总结，又参考了中队去年的材料，这才形成了今天的总结，不容易啊！

十四

这天，队长把我和谢贵福叫到他房间。他先是问了问近来中队的一些情况，然后又鼓励我俩要发挥骨干带头作用，工作上要大胆负责等等。最后，他终于说到正题，准备发展我俩入党——上次民主推荐数我俩的票数高，说明群众基础不错。他给了我们每人一份表格，嘱咐找个背人的地方认真填写，说是怕个别人看到了会影响积极性。

好不容易盼到填表的这一天，虽然是和85年的兵一块儿填的，心里还是十分激动。母亲、哥哥来信都要求我积极争取进步，总算没辜负家人的期望。不过，能不能批还是后话。暂且不告诉家人，免得空欢喜一场。

我和谢贵福填完表后，不知怎的，中队战士都知道了，而且说这次有3个人填了表，说得有鼻子有眼。我正纳闷呢，黄统华神神秘秘地找到我，让我帮他填入党志愿书，说是队长让他找的我。

黄统华也是85年的兵，在中队负责买菜。他文化程度不高，喜欢耍点小聪明，事事怕吃亏，经常因为一些小事和人争执，满嘴尽是些消极的言语。平日里，他又常常充当队长、司务长的尾巴（老乡关系）。真没想到，他也填表了。不知是不是这阵子队长的家属、孩子来队，黄统华天天帮着买菜的缘故。潘晓良都第四年兵了，就因为经常被外借，至今也没轮上。

和黄统华一起填表，我感觉浑身不自在。原来一直听闻部队入党走后门、干部照顾老乡，我不知黄统华是不是属于这种情况。

隔了一天，乐璟琪不知道是真糊涂还是装糊涂，一个劲缠着我问"你知不知道谁填表了""我有没有希望"等等。我不知道要如何回答他，说了担心影响他的积极性，不说又怕他认为我不仗义，况且队长专门交代过。我无奈地对他说："这件事别问我，我不能回答你！"

中午起床后，乐璟琪直接去了队长宿舍。我下楼洗脸，在走廊上听到队长和乐璟琪谈话的声音。队长问："通了没有？"乐璟琪不回答，显然没通。可后来看到乐璟琪很快恢复往日悠然自得的样儿，什么也没发生一样。看来，队长的思想工作没白做。

当时部队有个潜规则：刚批准入党的，当年不得退伍。乐璟琪不想留，所以容易想通。

十五

支队农场的西瓜丰收了，机关打电话来问中队战士要不要，一斤六七分钱。我挨个问，只有两三个人要，但不知啥时候能拉来，干脆都不要了。后来，机关又打电话给队长，队长报了300斤。

想不到当天晚上就拉来了，才5分钱一斤，个个后悔不迭。队长吩咐我把西瓜称回来，我带了七八个人过去。老魏在车上往下递瓜，李管理员负责称重。老魏这家伙明显看面子给瓜，官大的给大的，官小的给小的，中队的瓜尽挑小的。我想忍，却没忍住，开口骂道："老魏头，你欺人太甚，尽给我们小的！"老魏气得脸都绿了，申辩说："都差不多嘛！"我踩着车轮爬上去一看，大声叫道："好你个老魏，把小的全给中队了，故意留下大的！"呛得老魏一时说不出话来。在场的许多人都笑起来了。李管理员、章股长在一旁劝我别计较，我这才算了。

瓜运回来后，队长先称去了50斤，说是自己订的。中队分瓜前先选了两个最大的，一个给队长，一个给指导员。其余的瓜编号抽签，一人一个，抽到大的拿大的，抽到小的拿小的，看运气。我抽到一个大约有11斤的样子，算是大的了。

当晚，全中队战士都在吃西瓜，空气中弥漫着一股清甜的西瓜味，个个撑得肚皮圆滚滚的。夜里，下楼上厕所的声音一刻也没断过，有的甚至去了五六趟。躺在床上，能清晰地听见楼下厕所开门、关门以及撒尿发出的"哗哗"响声。加上上岗、下岗、提前叫岗的声音，一夜嘈杂不息，不得安宁。

十六

进入 7 月中旬，天天忙着搬家。早先的规划是车库上面的宿舍给中队，现在却让机关干部战士搬了过去。他们搬走后，中队再搬到他们原先住的地方。

机关办事总是磨磨唧唧，像羊拉屎一般，这也叫直属中队搬，那也叫直属中队搬，感觉总也搬不完。我开玩笑说："李管理员，我们先帮你们搬，搬完了，你让机关战士也来帮我们搬！"

队长事先说，等有房子就单独给我一间，说是可以让我专心写东西。可分配时，却把做饭的李燎原和喂猪买菜的黄统华跟我安排在一间，我有些不爽。除了和他们说话不投机，还有就是他们不太讲卫生。特别是黄统华，时常会带一身猪屎味回来。可自己刚填了入党志愿书，不好嫌这嫌那，服从安排吧！和他俩住一间，每天的拖地成了我的个人专项工作。

因为都在搬家，地点暂不固定，通信员干脆不送报纸了。这天，刚下岗的战友截下了一份《赣中报》，我随手接过来一看，有一张市中队的照片。真让人不服气，市中队竟然又上稿了！我上楼时遇上队长、指导员。指导员接过报纸，扫了一眼后，交给队长。队长看了看，突然说："你的不是也发了吗？"

我还当他开玩笑呢，靠上去一看，与王细赞共同署名的通讯《可敬的排头兵》就在市中队照片的边上，标题还加了花边，很醒目。我竟然没看见。3个人忍不住笑了起来。

市广播站也寄来了用稿通知，半年考核的稿件和《可敬的排头兵》都采用了。广播站用一篇稿才给6角，两人合写是1元2角。

中队有架照相机，我一直没见过。担心市中队今年新闻上稿数胜过我们，也想拍一张新闻照。于是，从司务长那儿把相机"挖"出来——原来是架破旧的半"傻瓜"，边上还贴着胶布，说是不小心会"曝光"。无奈，只好出去借。

到市消防中队借了个"红梅"。回到中队，正准备在刚刚布置的"书画园地"拍照时，指导员来了，非要亲自拍。没办法，只能让他拍，我入镜。他拍的角度不太对，喜欢将人物全身入框，主题聚焦有问题，估计不太适合当新闻照。被他这么一闹，连去洗相片的兴致都没了。

周六，党团活动，团员打球，党员开会，填了入党志愿书的也列席。会议的第一个议题是审议并通过了两个预备党员的转正事宜，第二个议题是研究预备党员人选。我们3人分别念了自己的入党申请，队长、指导员及介绍人发言，然后全体表决。通过后，队长总结说："虽然支部通过了，但并不代表已经是党员了，还要经支队党委批准之后，才真正进入考察期。但是，无论批与不批，都要经得起组织的考验，更不能放松要求。"随后，让我们表态发言。我心里想说："今后一定时刻以一个共产党员的标准严格要求自己，处处发挥模范带头作用。"可真到说的时候，却不知如何说出口，憋了半天，蹦了句："我一定好好干！"

"八一"节快到了，正是部队用稿旺季，我却没什么素材。想了想，请了假，拿了上回指导员拍的胶卷到市中队，用自己买的相纸冲洗。因为没经验，一直洗不好。最后请了市中队的队长过来指导，才洗了几张像样点的。

回来后，我挑选了一张，配上文字，寄了出去。半个月后才登出来。

十七

一天，曾华和姚军来到后勤宿舍，似乎有什么事要对我说，可又不知如何开口。曾华让姚军说。姚军刚说了句："老文书，能不能帮我们个忙？"就说不下去了。

"说呀！不说怎么知道能不能帮你们！"我说。

曾华见状说道："还是我说吧！"

原来，他们一个学校的几个同学来看他们，问我能不能让那几个同学晚上在后勤宿舍的地板将就一夜。

"有同学来看你们呀，好事！支队有专门供探亲家属住的房间。你们干吗不报告队长，让队长跟支队协调，反正平时也是空着。"我说。

曾华说道："5个同学一起来的，不想给中队添麻烦，还是不报告好。"

"什么时候来的？"我问。

曾华说："昨天。"

"昨晚你们是怎么安排的？"我问。

这回姚军抢着说："昨天他们从南昌出发，到宜春已经是晚上了，没找到中队，在街心转盘的花圃上睡了一夜，今天才找到我们。"

"为什么不找间便宜点的旅社住呢？"我又问。

姚军说："下车后没钱了，从昨天晚上开始饿着肚子，刚刚才让他们吃了点东西。"

说到这里，我明白了：应该是几个小兔崽子趁暑假瞒着家里偷偷溜出来，到现在已经过去一天一夜了，家里人肯定急死了！不管怎么说，这些孩子来到部队，就绝不能出事，先稳住再说。

于是，我又问："不跟队里报告，你们打算如何处理这事？"

曾华说："我们几个南昌兵一起凑钱，先解决吃饭问题。过两天，买火车票把他们送回去。如果要安排住宿，实在没那么多钱，所以请文书帮忙。"

我说："这样吧，我答应你们，晚上就在这里过夜。但这件事瞒着中队干部不对，有困难应该要报告，大家一起帮助解决。再说，5个人出入中队，这事最终瞒不住，不如主动汇报。另外，你们这几个同学有可能是结伴离家出走，家里一定很着急。他们来找过你们，而你们没报告，又没通知家长；他们离开宜春后如果不回家，而是去了别的什么地方，又或是出了什么事，到那时，你们有责任，中队也有责任。我建议：第一，你们讨论一下，尽快报告中队干部；第二，了解清楚是不是离家出走，如果是，抓紧与他们家里取得联系，让家长们放心；第三，让家长们派代表来部队，将他们接回去。"

曾华和姚军听我这么一说，一下愣住了，大概之前压根没意识到问题的严重性。看得出，几个离家出走的孩子肯定要求帮着保密，所以他们才表现得躲躲闪闪、支支吾吾。见他们听进去了，我松了一口气。

晚上，姚军把5个孩子带到后勤宿舍。宿舍的地板是木板，搬过来前刚刚漆过，我每天都拖得干干净净。这天，又特意多拖了一回，并把黄统华、李燎原床下的鞋子往里挪了挪，交代他俩先别声张。

当晚，我点了蚊香。5个孩子在地板上躺下，疲倦得很快进入梦乡。这时候，天气炎热无比，经常整个晚上都开着吊扇。

睡前，我把吊扇开到3档，他们非要开1档。等他们入睡后，我悄悄换成2档，隔一阵再换成3档，下半夜又换成4档，快天亮时又换成风力最小的5档。半夜发现有蚊子，我又点了一次蚊香。

次日，他们果然听从我的建议，报告了中队干部，吃饭、睡觉都得到很好的安排。中队干部也与几个孩子的家里取得联系，还给几个南昌兵放假，让他们好好陪着同学。

事后，曾华和姚军特意来谢谢我，并悄悄对我说，那几个同学一致说老文书将来一定会当官。我有些纳闷，问他们为什么会这么说。出乎意料的是，我半夜几次起来给吊扇换档和点蚊香，这些熊孩子竟然都知道。

十八

"八一"节，为了让大家痛痛快快敞开肚子饱餐一顿，过个难忘的"八一"，不知是谁出的馊主意，早、中两餐都只吃稀饭。

原定六点会餐，还是拖到六点半才开始。一个个饿得眼皮都耷拉下来了。

直属中队会餐，历来习惯把支队首长们都请来，而他们又总是姗姗来迟。

这些首长我都熟，只能过去一一敬了酒。今天啤酒敞开供应，香槟数量有限。我只喝香槟，后来香槟没了，才喝了点啤酒。这回的啤酒似乎没那么苦。

我感觉喝多了，便偷偷溜回宿舍，脱了长裤准备休息。又想，大家都溜了，一定没人帮忙打扫"战场"，于是穿着大裤衩又过去了。到了食堂一看，周政委（已是顾问）和李管理员还没走，队长、指导员、司务长、王建华在一旁陪着。我刚从窗户露了下头，就被李管理员发现了，叫我进去。我穿着大裤衩呢，这可如何是好？没办法，只能硬着头皮走进去。周政委好像有些醉了，一个劲地说："小王是个好小伙，话不多，活能干，新闻报道任务完成得不错！不错！"队长、指导员附和着。

周日，计划上街买相纸和日记本，另外也想去书店转转，看看能否买到李世龙想要的《青年生活向导》一书。早饭后，向队长要外出证，想不到最后两本已被王建华领去了（一共才4本），只好闷头躺着看书。结果，一直到快午饭时间，王建华才回来。

午饭后，队长临时交代任务，要我把《射击场安全措施》补充完善一下。只好先赶任务。完成后，才拿了外出证上街。结果，李世龙要的书没有，相纸也没买到，只买了日记本和一本《微型小说集》。

最近的训练科目重点是射击预习，白天五练习，夜晚三练习。刚开始三练习时，我连准星、缺口都找不着。还好，慢慢地也能找着了。

五练习，即每个战士要在规定时间分别完成对全身靶、匍匐靶、半身靶的射击，分别是200米卧姿、150米跪姿、100米立姿，不仅如此，从200米卧姿到150米跪姿再到100米立姿，中间的间隔限时是10秒，必须快速奔跑完成。每个靶出靶时间也仅为10秒，中间的匍匐靶还是运动靶。而三练习，则是在夜间，距离200米，当目标顶上的灯亮了后，10秒之内完成对目标射击。

年终考核将在老兵退伍前完成，掐指算算时间没多少了。队长说这次考核不用我参加，到时候去通讯班待上几天。经过这段时间的训练，真要考也不怕！队列、射击、5公里越野，不比他们差！拳术基本功如果再受点苦练练，也能应付过去。只是单双杠3练习无论如何也上不去，练也练不出来。当然，不用考是最好的，免得影响中队团体成绩。

要实弹了，提前去靶场看了看，党校的靶场不知啥时改成砖窑了！又转到武装部靶场。因靶壕没修排水沟，长期积水，里面全是泥浆，在靶壕出靶的同志只得穿裤衩。

实弹时，用后三轮摩托车分两趟拉人。老规矩，我负责发弹、登记成绩。下午打5练习，大家都打得不错，我也3发全中。队长事先说了，3发全中者奖背心，我正好缺件背心。

晚餐由摩托车送。天黑了接着打3练习，成绩都不理想，我也只打了个及格，总评也是及格。

从靶场回来已经接近凌晨了，往枪管里灌了点油，先入柜，明早再擦吧，半夜还有岗呢！

十九

根据队务会安排，本周的训练内容主要是擒敌技术与对刺。一大早，我就把训练计划表贴了出来。

队长曾说年终考核我不用参加，今天却改口说比武不用参加，年终考核还是要参加的。这不废话吗？比武怎么可能轮得上我呢？没办法，只好再摔了。后倒摔怕了，不敢用背着地，每每迅速偷偷屁股先着地。现在看来，想蒙混过关是不可能了，一定得下功夫认真练练，切实掌握动作要领才行，别拖了后腿。

对刺训练，看起来很难，真正练起来倒没那么复杂。重点是中队所有战士都是头一回练这一科目。穿上护具，乍一看，有点像秦王陵里的兵马俑。由于护具少，每次只能安排两对同时训练。大家轮着体验。刚练时，总想着用什么路子刺中对方，弄得很被动。我和一个新兵对刺。两个人都防着对方，脑子里尽是教材上的固定套路，结果我刺不到对方，对方也刺不到我。和刘学庆对刺就不同了，他根本不考虑路子，一味快、猛、狠，让你防不胜防，一上来被他刺中两枪。接下来和王建华对刺，大家都认为我绝对不是对手。想到刚才和刘学庆对刺的情形，我顿时悟到了对刺的诀窍，于是也一味快、猛、狠，一下子让王建华失去了招架之功，竟然赢了。这一结果，完全出乎大家意料，毕竟王建华是战斗班班长。不知为什么，护具没配右手套，才一上午，大家都磨破了右手。下午改练擒敌技术，同时派人去订做右手套。

从训练场回来，支队政治处的方干事已经等在那儿。几天前接到通知，说政治处会派人来对考察人员进行谈话，同时考一些党的基础知识。我急忙又把《党员必读》重点章节翻了一下。上次方干事让我帮他写材料，感觉没写好，心中愧疚。没想到今天方干事特别亲切，开口先问发表在《人民武警报》上的小小说得了多少稿费、最近又刊登了多少篇等，然后才慢慢转到正题。当问到去年下半年中央直属机关召开了一个关于端正党风的会议是什么会时，不论方干事如何提示，就是答不上来。好在，其他问题回答得都很顺。最后方干事表扬说，比另外两个答得好多了。

考核完后，方干事提了三点希望：第一，加强学习，不断提高自己；第二，无论是否批准，都要正确对待；第三，作为中队骨干，要始终支持中队党支部工作。最后，他问我还有什么要说的。我觉得如果一句话不说，方干事一定会失望，于是说："我一定不辜负上级党组织对我的期望！"方干事点点头，笑了。

根据上级指示精神，部队必须将培养"军地两用人才"纳入重要工作日程。于是，各中队各显神通，但最后无非是烹调、种食用菌、养猪、摄影、洗相片等。直属中队落在后头，也学市中队搞了个暗室。

晚上十点钟过后，把自己关进暗室试着洗相片，还请了刘永红来指导（刘永红专门去市中队学了）。学会后，便让他回去休息。自己边琢磨边洗，竟然洗得很成功。洗完相片后，冲了个澡。因两点钟有岗，干脆不睡了，写写日记，写完正好上岗。

二十

北京电影明星表演团要来宜春演出的消息像一阵春风，吹遍每一个角落，大家都想一睹明星风采。票价2元2角，贵得吓人！要知道，此时新兵一个月才10元津贴。我作为文书，第三年兵才领 14 元。即便如此，票还是在一个星期前就被一抢而空。名演员嘛，像唐国强、周里京、《他们在相爱》中老二陈楠的扮演者郭旭新等，都是实力派、偶像级的演员。还有几个不太出名的，名字没记住。反正大家都在想办法弄票。轮训队集体提前买了票，听说有几个不想看，要转让，可惜轮训队的人不太熟。

　　上午，已转业的韩协理员买菜回来，我正好下楼。没想到他掏出一张票给我，是下午两点半的，说是单位发的。我高兴得连声道谢！正好星期天，好请假！

　　不想最近训练太累了，一躺便睡过了头。醒来时，差九分钟就两点半了。急忙洗了把脸，一路小跑，赶到剧院时已经两点四十了。还好，刚刚介绍完演员。谁知剧院把票号弄错了，又找了剧院的人员帮忙才找到座位，出了一身汗。

　　表演很精彩，但节目不够新，几个小品都在电视上看过。歌也是老歌。只有一位当时还名不见经传的歌唱家，唱的高音特别打动人，印象颇深，叫李娜。不过，第一次见到这么多的名演员，也算是当兵 3 年之中颇为难忘的一件事了。

二十一

　　星期一上午，队长和指导员跟着战士们一起来到师专操场，想了解一下战士们的训练情况。不一会儿，电台的王平跑来说参谋长找他们，队长、指导员便赶紧回去。训练回来，我们方知直属中队很快要有重大人事变动。

　　据说，指导员祝方平仍回司令部任参谋，轮训队占丽华来任中队长，还有个山西警校毕业的大专生来中队任排长，而刘跃先队长改任指导员。

大家都说这是好事。今年以来，中队训练一直跟不上。占队长和新任排长来，一定能把中队的军事训练水平往上提高提高。不过调令还没下，占队长要过一段时间才能来，倒是新任排长明天就到位。这年的新兵除了两个福建闽侯的，其余全是南昌的城市兵，年纪普遍较小，有几个非常任性且吃不了苦，该好好调教调教！

大家猜测，支队把占丽华调过来，大概就是让他带带这位警校毕业生，时间应该不会太久。到时占队长一走，排长就会接任队长职务。不过，这还要看他的实际能力。

有消息说总队要来检查行管工作，我建议给所有枪支来一次彻底擦拭。

擦完枪入柜时，大家发现手枪子弹少了5发。刘队长怒了，临时决定点验，只要发现子弹，一律没收。没想到这一点，竟然点出了100多发步枪弹、10多发空包弹、3发手枪弹。因不能搜身，这天丢的5发手枪子弹仍没有着落，但基本锁定了目标。晚点名时，队长当众提出警告，要求他主动向队里承认错误，并交出子弹。后来，队长没有再追究这件事，子弹也回到了柜里。

按计划，直属中队是总队检查团检查的重点，但听说我们刚擦了枪，临了改去别处检查了。

近来，退伍的念头不断在脑海里萦绕，像扎了根似的，总也挥之不去。家里又来信了，说姐姐、姐夫马上要调到浙江去（姐夫是浙江人）。母亲身体不好，身边没人照顾，家里让我以此为由申请退伍。是呵！哥哥、姐姐分别都成了家，而母亲和两个弟弟都是靠抚恤金过日子的——原来是每月每人 17 元，如今涨了点，每月有 21 元。秋季学校开学，两个弟弟的报名费一下就交了 60 元，日子过得紧巴巴的。早点退伍，尽早帮家里一些。但要退伍，如何开口呢？这时候提这种要求，似乎有点不仗义。但这时候不说，临到退伍时才提，中队干部们没有思想准备更不好。

地里的南瓜又可以摘了。之前已摘了 4 个，这 2 个，1 个给了刘队长，1 个给了中队食堂。种的茄子大多让虫子吃了，辣椒多数也干死了。葫芦结了 2 个后，早枯了。

给队长送南瓜后去洗手，他恰好下来洗碗。机会难得，我就说起想退伍的事，还把家里的困难简要汇报了一下。队长说会考虑我家的实际情况，但今年满服役期的战士不少，关键不知道有几个退伍名额，到时候摆一摆，衡量衡量，目前还要做好两种思想准备才行。

晚上看电视连续剧《欧阳海》。剧中，欧阳海和指导员发生冲突，几次顶撞指导员，指导员想让他退伍。欧阳海太爱部队了，听到消息，哭得泪流满面。我们现在也要面临退伍了，一个个只会为离开部队而闹情绪——恰恰反过来了。

二十二

晚饭后从饭堂出来，遇到韩协理员。他让我帮他买盒烟，说自个儿在家做做懒汉吧。换作别人我定会不高兴，可韩协理员，我还是十分乐意的。

我买了烟送到他家，他正打算在门前的一小块地里种蒜。我把烟交给他家属后，就和他一块儿插蒜瓣。两人一边插，一边聊天。他问我母亲身体怎样、是否有回老家。说着说着，说到退伍的事。我说家里想让我退伍，可中队很可能会不放。韩协理员建议我找找林股长，说林股长是福建人，也算老乡，退伍的事正好是他负责，找他肯定有希望；另外，要跟中队干部多沟通沟通。末了，他还主动要帮我跟林股长说说。

从韩协理员那儿回来，我突然轻松很多，仿佛自己马上可以退伍似的。其实，我原本也打算找林股长问问的，又担心给他添麻烦，正犹豫不决。现在知道这事由他负责，希望多了一分。

感觉自己有希望退伍了，便开始琢磨着准备准备。上次探亲时给两个弟弟买了上海运动衣，这次弟弟写信来问准备给母亲买什么。考虑了很久，记起母亲的皮鞋很旧了，不知是什么年代的，便决定给母亲买双皮鞋。同时，写信给姐姐，让姐姐给我做条裤子寄过来。可衣服穿啥呢？该到街上好好转转。这3年，我连双丝袜都没给自己买过。

午睡时，做了个奇怪的梦，梦见9月28日这天突然宣布退伍名单了，我是第一个。听到自己的名字，我便匆匆忙忙收拾行装回了家，连其他退伍的是谁都不知道。在家待了两天后，觉得很无聊，心里惦记其他战友的情况——乐璟琪、王建华、潘晓良他们走了吗？这时，刘队长突然来到我家。我的心"咯噔"一下，糟了，一定出什么事了！队长先问家里怎样、一切还好吧，随后话题一转："听司务长说，你拿了中队的一个口哨没还！"我连忙申辩："那个口哨不是我拿的！"然而，是谁拿的呢？一时又想不起来，只记得是个姓曹的。可中队压根没有姓曹的这号人！一着急，醒了，一头的汗水。

这个梦难道有什么预兆？都说梦与现实是相反的，真要这样就不妙了!

几天后，林股长来中队例行年终行管工作检查验收。战斗班参加军事考核去了，于是先从后勤的房间查起。我抓住机会向他提出要求。林股长说："84年这批兵太少了，全区才40多个，必须留一些，而这批兵大多数都想走。今年退伍名额重点照顾83年的兵，所以结果怎样很难说，关键还是名额多少。现在离退伍时间尚早，起码还要半个月后才会考虑这件事。"他让我别着急，看看再说。

林股长他们刚走，政治处洪干事和胡股长临时来中队，要找战士开座谈会，让大家谈谈中队的一些情况。考核的考核，值班的值班，执勤的执勤，只剩下两三个人。我左寻右找，好不容易召集一些人，谁知大家尽挑毛病说。我一听，这下糟了，今年行管扣分肯定轻不了！加上年初"小梅自杀事件"，行管16分，大概扣没了！

年终军事考核不理想，公布成绩时却是第二名。其他中队的比武班不参加考核，而我们是比武班参考的。即便这样，也一定有照顾的成分——毕竟是机关的直属队，成绩差了，大家都没面子！

刚考核完，孟副参谋长就带人到中队点验。据说，这次是总队统一安排的，各中队都要点一遍。

和上回一样，我负责登记，脖子上吊个挎包，手里捧着个讲义夹，一本正经地跟在孟副参谋长他们后面。结果，这次又点出了十几发子弹和空包弹，同时登记了谁谁少了军衣军裤、谁谁把绒衣绒裤寄回家了、谁谁少了符号等等。这回点验还去了公安处的总机班，我跟着转来转去，都转晕了。

二十三

哥哥来信，再次提到退伍的事。他离母亲远，姐姐调走后，他一个人照顾这个家，压力大，头发都白了，让我早些回家帮他分担分担。但是，他又要求我一定得解决入党问题，说他当时在部队时没努力争取，现在挺后悔。

有消息说，我们的入党申请支队党委已经通过了，只是还没宣布而已。

黄省东排长个子不高，小小的眼睛却充满睿智。他到中队有一些时日了，我跟他接触不是很多。他一个人住，又不主动和大家沟通交流，似乎还挺害羞，好像对电视、电影、小说也不感兴趣。看得出来，新环境让他有些不适应。这两天有空，我主动找他说话，他特别高兴。我如实地跟他说了许多关于中队的事情，谈了不少个人的想法，特别希望他能多了解一些具体情况，好好把中队行管抓一抓。

星期天上街，在文具商店偶遇市中队的张兆城。正好他也想买皮鞋，于是两人结伴同行。在"三百"边上的一家店里，我找到了合适的皮鞋。本想买平跟的，可平跟的款式有点儿难看，最后还是买了双半高跟的。回到中队，我忍不住拿出来让大家提提意见，大家都说好。普通女鞋大多十三四元一双，而这双接近 22 元，虽然贵，但怎么看都觉得值！

这些日子，新兵们动不动就问我："老文书，你退伍回乡后，愿望是干什么呢？"我不假思索地回答："当农民！"大家听了都嗤之以鼻。我说："我是认真的，我的愿望就是当农民，找个依山傍水的地方，盖间茅草屋，再用篱笆围个小院，晴天打柴、种菜，雨天钓鱼，夜晚写写东西。"大家说这肯定不是我的心里话,又问我第二愿望是干什么。我说:"营业员!"大家又一脸不屑。我说的全是真话,不信有什么办法呢?

刘队长见我给母亲买了皮鞋,故意试探说:"是准备春节探亲带回去的吧?"我说:"退伍带回去也行啊!"

这次支队人事调整,方干事调到大桥中队任指导员,好像是要他下去搞个什么试点。这两天,支队党委有事需要他回来处理,我俩无意间在卫生队碰上了。大概午餐时喝了酒,他话特多,还有些大舌头,我半天才弄清楚他的意思:我的入党申请上级已经批了。另外,他也跟李副主任汇报了,想把我调到他中队去,还说,这不是我的愿望吗?

一时弄不清他是否在逗我,我不知要如何回答。

他顿了顿又说:"是不是刚入党就想退伍?告诉你,想走是不可能的!刚发展入党就提出退伍,好意思吗?老老实实再干一年吧!"又说,希望我到大桥中队去当文书。在队部,事少,还不用训练……末了,让我好好考虑考虑,考虑好了告诉他,其他的事由他来办。我怀疑他在说酒话,想了想回答说:"如果退伍不成,就到你中队去,一定!"

第二天,刘队长通知我:"入党的事上级已经批了。"又说:"怎么样,还想走吗?按常规是不准走的。"我张着嘴,不知道要怎么回答。他又说:"中队今年如果有5个退伍名额,就让你走;如果有4个,肯定没你的份,怎么样?不会想不通吧?"我当即表示:"如果只有4个名额,保证不会想不通,也无话可说!"

我嘴上这样说,心里却琢磨着去找林股长、孟副参谋长,让他们多给个名额。这,应该不会很难吧?

二十四

大比武 22 日开始。仅剩 5 天时间了，中队决定再抽出两天练习射击五练习，因为此课目成绩最不稳定。

除了比武班成员外，只加了我去发子弹、登记成绩。

地点还是武装部的靶场。一开始，比武班战士轮流去示靶，不断换人。正规训练光示靶就得 3 人，另要 1 人看表发指令。现在 4 个人的量由 1 人完成，难度系数增加不少。靶壕内全是深深的泥浆，在靶壕示靶的人只能穿大裤衩。从靶壕到射击出发地 200 多米，不断换人示靶，特费时间和精力（都要洗脚换衣服）！

见此情形，我主动要求去示靶，把登记和发弹工作交给他们轮流来。这一换，效率一下提高了一倍以上。

就这样，在太阳下，我穿着背心、裤衩，独自在泥浆里干了近两天，晒得又红又黑，肩膀以上裸露部分隐隐作痛。早知道就不脱衣服和帽子了！白天累，晚上的岗却不能少。中秋夜，大伙儿睡不着，熄灯了还围在一块儿聊天，我却累得早早地躺下了。

比武班射击科目训练完后，想给自己来个大扫除，把衣服洗一洗，谁知通知又要下"糠头"，只好先不洗了。

比武班要保持体力参加比武，剩下的通信班和后勤，算算 8 人，扣除门岗、总机、电台值班的，能参加劳动的最多 5 个人。第一车下完后，许多"糠头"还留在地上，就匆忙冲了个澡去站岗。下了岗，第二车已快下完了。第三车来时正好是晚饭时间。吃过饭，我先上车干起来。陆陆续续来了几个人，还没干完，又走了两三个交接班、交接岗的，一直忙到八点多钟，才彻底干完。一身糠头灰，喉咙直冒烟，感觉自己快虚脱了。

大比武时间到了，黄省东排长带队去报到，通讯班和后勤留下值班站岗。

比武共安排3天时间。头天上午安排的是队列和器械，中队都在前三名；下午擒敌技术配套，估计也在第二、三名。看起来势头不错，但消息是否属实还不确定。

最后一个项目比完后，总成绩出来了，不太理想。6项成绩分别是：战术第一、擒敌技术第二、队列第五、器械第六、越野第七，射击竟是第十一名。射击考核时3个人打了"光头"，姚军和谢贵福原本还是射击能手，关键时候发挥失常。为了让他们争取好成绩，我独自为他们示靶了近两天，晒得脱了层皮，这个结果太对不起我了！

所幸，其他中队也没发挥好，综合评定居然还得了第二。全中队都在庆幸，庆幸每人可以有12元的奖品了。我却半分也高兴不起来，还莫名的惆怅。

队长曾说只要有5个名额就让我退伍。这话，我告诉了林股长。林股长很爽快，说那就给中队5个名额。我估摸，队长一定会反悔，他大概早已打定主意不让我走。

果然，队长近日又改口成有6个名额才让我走，而且话里话外都不放我，甚至放话："想退伍，先打报告退党！"

已经是9月29日了，我心里无着无落的，"扑通、扑通"不断地敲着小鼓。队长和排长都不愿让我走，天天不是"只有留你了"，就是什么"参谋长点名留你"，弄得我忐忑不已。

晚上，和余依平一起到林股长的宿舍探听情况。林股长说，退伍名单中队已报上来，我在名单中，应该没问题。他又说，只要机关批了，中队不可能改变。一颗悬着的心总算放了下来。

回到宿舍，队长正好走过来，看到我的新军装，居然说了句："退伍不能褪色啊！"之后让我好好把年终总结材料准备一下，写好后拿给排长改改。既然可以退伍了，最后一次总结材料不好好写对不起中队，认真准备吧！

二十五

"国庆"节战备 3 天，时间从 29 日晚开始。

晚上八点多钟，刚和排长排好战备巡逻执勤表，突然响起了紧急集合哨，大家一股脑儿涌到枪械室。我和排长忙着开枪柜、取枪、发子弹。待全体整队完毕，正好 5 分钟。原来是参谋长带陈参谋来检查战备情况，在毫无准备的情况下，动作还算迅速，没出什么问题。解散后，我赶紧把子弹压满弹夹，以防万一。

战备期间严格控制人员外出，但我还是请了假和余依平上了趟街。出发前领了 10 月份的津贴，加上前几天领到的嘉奖 10 元奖励金，可以好好逛逛了。

在体育商店，买了袜子。又转了几个百货，都买不到适合余依平的皮鞋。转到鼓楼路，两人各买了一块布准备做裤子；我还买了一个玩具，是给外甥的。

赶到裁缝店量了尺寸后，丢下余依平，自己一路小跑往回赶。回到中队，以最快速度换装。准备就绪后，离巡逻出发只剩下 3 分钟了。

"国庆"节这天，我突然生病了，去了几趟厕所，吃不下饭。次日开始头痛、发烧、浑身无力。到卫生队拿了药、打了针，才慢慢好起来。

战备一结束，中队便开始搞年终总结。总结材料是中队交给我的最后一项重要任务，我写得很认真，共13页。队长、排长看后，感觉挺满意。队长忍不住说："遇到个好文书真难！福校吵着要走，唉！还是不让他走算了！"我在一旁笑了，没搭理他。

总结会上，宣布了嘉奖名单。我只得了个精神嘉奖，也就是没有物质奖励的那种。可发奖金时，全中队数我领得最多——39元5角，让其他人都瞪大了眼睛。后来解释说有26元5角是写稿的奖励金，早有规定的，大家才无话可说。

想不到这时候又来了任务——给黄统华写报功材料。这次总结说给后勤1个报功名额，评议时大家推了我和黄统华。司务长说我既然要退伍，还是让给黄统华。

如果我没退伍，这名额会落到我头上吗？

事情总是一波三折。刘学庆突然说家里来信，母亲瘫痪了，家里要求他一定得退伍（确定退伍名单中没有他）。队长说他做不了主，让刘学庆自己去找参谋长。刘学庆这么一闹，刘队长又开始琢磨把我换下来，并开始做我的思想工作，还把"军人以服从命令为天职"搬了出来，准备亲自去找参谋长沟通换人。

我的心如同过山车一般，忽起忽落，太折磨人了！9日，中队安排照相，满服役期的8人各照了小一寸的。回来后，全中队在支队大门口集体合影。

刘学庆整这么一出，弄得我心里又像十五个吊桶打水——七上八下。想找林股长问问，却总碰不到他。听说15日就可以离队，没几天了！

这时候，总队检查组要来，中队通知大家理发。要退伍的个个不愿剃。可只要在部队一天，就还是军人，绝不能在最后时刻给中队抹黑。最后，大家都忍痛剃了。结果，检查团没来。

终于遇到林股长，见他一脸和煦，断定不会有变。我一问，果然如此，总算放下心来。太感谢林股长了！

接下来的日子，除了每日轮岗外，一有空就上街逛，买了衣服、鞋子，给家人都准备了礼物。

我特意到公安处走了一趟，算是告别。我又买了水果去了郑玲家。她送了我一对枕巾，很漂亮、很喜庆的那种，说将来结婚用。

二十六

15日上午，中队搞老兵退伍"教育"，学习有关规定，还宣读了某中队7名老兵的倡议书。有人说："最迟18号就走了，还倡议个屁！"的确，只剩两天了，准备东西、处理事务都来不及！

下午宣布了退伍名单，中队6人榜上有名。除了刘学庆外，个个欢喜不已（李向民主动留队）。要退伍的，要上交军大衣、雨衣、水壶等，帽徽、领章也必须上交。想带回去的，必须在原价基础上加30%。大家都愿意买下一副做纪念。我也买了下来，共6元5角。

中队赠送退伍兵每人1条16元的浴巾。

宣布退伍后的人便不用站岗了。

16日下午，中队召开欢送老兵座谈会。开始还好，开着开着，心里就不是滋味了，想哭。几个老兵都不愿说话，数我说得多，从前的、现在的、将来的，还提了不少意见、建议等等。（我啥时候变这样了？）

晚上加餐。这可是最后一次了！于是，来者不拒，一杯接一杯地喝。快结束时，我还到另两桌敬了酒，之后就溜了。晕乎乎地走到马路边买了些水果，又拿着事先准备好的文具盒（给小孩的）来到韩协理员家。这是我第一次走进他的家。之前，他常叫我去他家玩，结果一直到此时才来。我们说了很多话。临走，他硬塞给我一支钢笔和一个公文包。盛情难却，收下了。

17日一早起来，我照例拿着大扫帚在中队门前打扫卫生。一直以来，早操回来我都会在这扫，要走了，也不能破例。

余依平、乐璟琪他们准备坐18日的火车。如果和他们一道走，要先到大田再转安溪，一方面会耽搁回家的时间，另一方面带着那么多行李有诸多不便；如果直接到安溪，跟他们便不是一趟火车。一个人走，太孤单了！怎么办？一时犹豫不决。

扫完地，我决定直接回安溪。如此，只能坐广州到福州的这趟列车。规定18日方可离队，而这趟列车是隔日运行的，18日正好轮空。宣布退伍后，我心情很复杂，吃不下，睡不着。思来想去，反正早走晚走都是独自一人走，还不如早些走。

下定决心后，我立刻去请示孟副参谋长，说18日没车，能不能让我17日走。想不到，孟副参谋长爽快地答应了。

我急忙上街买了点东西，回来后才告诉大家。大家都觉得突然，甚至来不及准备礼物，只有曾华早早就准备了日记本。我打开一看，上面写着：赠给敬爱的大哥。

午饭后，全中队的人都涌到大门口来送。一番道别后，我坐上后三轮，有几个战士也挤了上来，非要送我到火车站。

黄省东排长也在几个人当中，他是代表中队干部来送我的。

三轮车从宜春大街上驶过。3 年中，或步行或骑车，不知走了多少个来回。眼前的楼房和景物，都熟悉得不能再熟悉了。现在它们一一从我的眼前晃过，如同电影里的变焦距镜头，慢慢地拉远，慢慢地模糊……心中不由念道：

再见了，中队！

再见了，支队！

再见了，秀江河！

再见了，宜春，我的第二故乡！

念着念着，泪水不由"哗哗"地滚落下来，怎么也止不住。车厢里的几个战友默默地看着我，任由我泪洒一路。

到了火车站，大伙儿帮我办了托运、取了票。原本是下午一点左右的车，结果，列车晚点了。

万万没想到，一点半时，除了值班、执勤的战士，其余的战友都纷纷赶来了。他们两三个人合坐一辆自行车，还闯了红灯，生怕赶不上……

进站不久，"呜……"，火车来了，泪水夺眶而出。我和战友们一一拥抱。最后，大家相拥在一起，哭成一团。然而，老天像是捉弄人似的，这列车并不是我要乘坐的那趟。

不一会儿，又一列火车驶来。大家再一次相拥而泣，我又哭得满脸是花。结果，又不是那趟！战友们刚哭完，听说又不是，个个破涕而笑。

再次有火车驶入站台。担心还不是，个个故作矜持，没有拥抱，没有人哭泣。可这趟偏偏是！

我和战友们一一握手作别，跟黄省东排长敬了个礼之后哽咽着上了列车。

列车开动，望着渐渐远去的战友，忍不住又流泪满面。

再见了，战友！

别了，宜春，我的第二故乡！

▲通讯班训练场景（一）

▲通讯班训练场景（二）

▲与战友在直属中队训练时留影

武警宜春支队直属中队在「八一」前夕将俱乐部布置一新。瞧,新开辟的书画园地,还没等张贴好,就把战士们给吸引住了。

(祝欢平、王福校 摄)

▲作者拍摄的照片被刊登在报纸上

宜春　宜春——我的第二故乡

▲直属中队战士与宜春师专中文系师生合影

▲直属中队即将退伍的老兵合影

后 记

在部队当战士的 3 年里，我写了 2 年多日记，留下的日记本有五六本之多。加上平时瞎写的"诗歌""小说"底稿，厚厚的一摞。退伍后，近 40 年的颠沛流离，这些东西一直跟着我，我当宝贝一样呵护着。我心中始终有一个愿望——将它们整理出来。

今天，终于将它们呈现于世人面前！

本来，我想将这本书取名为《当兵的历史》。将一名义务兵的 3 年服役经历称之为"史"，似乎大了些，但它却是来自一首 20 世纪 80 年代中期部队最流行的歌曲之一《当兵的历史》。歌中概括了一名普通战士从 18 岁到 20 岁的成长经历，唱出了每一位士兵心中的感触，曾被评论界称作"为士兵青年代言之作"。书里的故事从参加征兵体检开始，到离开部队坐上火车结束。所以，在考虑书名时，一下想到了这首歌。

相对而言，我对部队有着更深的情结。我家祖孙三代，5 个当兵。父亲于 1944 年投奔山东省平度县武工大队，活跃在抗击日本侵略者的战场上。日本投降后，武工大队改编为正规军南下作战。新中国成立后，父亲继续留在部队，"文革"期间转业到地方。我的 4 个兄弟中，有 3 个相继参军入伍，家中"光荣之家"几乎没断过。小弟退伍后，我又因县人武部收归军队建制，二次入伍，并且一直干到了县人武部部长。我转业后，又把侄儿送到了部队……

凡当兵的人，都把当兵的地方称作"第二故乡"，那是退役老兵魂牵梦绕的地方，是挥之不去的回忆。

最终，我将这本书定名为《宜春　宜春——我的第二故乡》。

能完成这本书，对我来说，绝非易事。工作之余整理、修改，尽量还原当年日记中的场景。书中记叙的人和事，完全为真人真事。但为避免不必要的麻烦，有些人物没用真名。若是哪位首长或战友对书中的描写有所不满的话，敬请谅解。

感谢《福建文学》常务副主编石华鹏先生，他在百忙之中详细地看了我的书，还为我写了序，给了我莫大的鼓励。

这本书的完成过程中，得到了颜全飚、郑棕栖、郑仁水、贾安通、严明慧、张兆钡、陈吉壮、陈永强、陈富光、陈善晖等朋友的大力帮助和支持。同时，也得到战友、家人的鼓励。在这里，一并表示感谢！

2023 年是中国人民武装警察部队成立 40 周年，也是我当兵满 40 周年，此时将当兵三年的经历整理成册意义深刻。这就当是向中国人民武装警察部队献礼，同时也作为献给所有当过兵的战友们的礼物。也希望那些没有当过兵的朋友，通过这本书，跟着我的脚步一起踏进警营，与我一同分享青春无悔的年华。

2023 年 8 月

图书在版编目(CIP)数据

宜春　宜春:我的第二故乡/王福校著. －福州:海峡
文艺出版社,2024.1
ISBN 978-7-5550-3592-3

Ⅰ.①宜…　Ⅱ.①王…　Ⅲ.①散文集－中国－当
代　Ⅳ.①I267

中国国家版本馆CIP数据核字(2023)第255847号

宜春　宜春
——我的第二故乡

王福校　著

出 版 人　林　滨
责任编辑　蓝铃松
出版发行　海峡文艺出版社
经　　销　福建新华发行(集团)有限责任公司
社　　址　福州市东水路76号14层
发 行 部　0591－87536797
印　　刷　福州锦星元印务有限公司
厂　　址　福州市晋安区新店镇健康村健康工业区6号
开　　本　889毫米×1194毫米　1/32
字　　数　160千字
印　　张　7.375
版　　次　2024年1月第1版
印　　次　2024年1月第1次印刷
书　　号　ISBN 978-7-5550-3592-3
定　　价　50.00元

如发现印装质量问题,请寄承印厂调换